テイヴィア・E・バトラー
井光＝訳

血を分けた子ども

Bloodchild and Other Stories

Octavia E. Butler
translated by Hikaru Fujii

河出書房新社

もくじ

血を分けた子ども

まえがき

実を言えば、短編小説を書くのは嫌いだ。いままで短編を書こうとするなかで、知りたくもなかったほどの挫折感や絶望を味わうはめになった。

それでも、短編はどこか魅惑的だ。いかにも簡単に書けそうに思える。あることを思いつき、それから十ページ、二十ページ、三十ページ進んだところで、物語は仕上がる。

まあ、仕上がるかもしれない。

最初のころに私が書き溜めていたのは、短編などではなかった。もっと長い作品の断片だった。未完成のまま行き詰まった長編小説の断片だ。あるいは、まだ書けていない長編小説の短いあらすじだった。あるいは、それのみでは作品にはできない個別の出来事だった。

おまけに出来も稚拙だった。

大学での創作の教師たちは丁寧で生ぬるいコメントしかくれなかったので、助けにはならなかった。私が書き続けていたSFとファンタジーに関しては、教師たちはさしたる手助けができなかったのだ。実際、ＳＦという枠に入るものを、教師たちはおしなべてあまり評価していなかった。

編集者たちはいつも私の短編を却下し、例のごとく署名のない、手書きですらない掲載不可通知を付けて返却してきた。もちろん、それは作家にとっての通過儀礼だ。わかってはいたが、だからといって平気ではいられない。もう短編を書くまいと何度も決意したが、それは、人がタバコをやめるのと同じようなものだった。やめたはずが、またはじめてしまう。物語の着想が浮かんでくるのは止めようがなかったし、それを短編小説として仕上げることはできなかった。長きにわたる苦闘の末に、いくつかは長編小説としてうまく形にできた。

そもそも、長編であるべき作品だった。

私は本質的には長編小説に向いている。もっとも心惹かれる着想は、大掛かりなものだ。それを展開することは、短編小説には収まりきらないほどの時間と空間を要する。

それでも、折に触れて、短編以外にはありえない小説が出てくる。本書に収められた五つの物語は、そういう意味で真の短編小説だ。それを長編小説にしようという気になったことは一度もない。だが、本書の誘惑に負けて私は書き足した——五つの短編を長くするのではなく、それぞれについて、短い「あとがき」をつけて語ることにした。それぞれに序文がついているよりも、読書の楽しみを損なうことなく自由に語れるので気に入っている。そんな自由を行使するのはきっと楽しいだろう。いままで、ほかの人たちは私の作品についての解釈を出版してきた。「バトラーがここで言わんとしているのはおそらく……」「明らかに、バトラーの信じるところでは……」「バトラーは自身の思いをはっきりと表明している……」

確かに、人々が作品になにを見出すのかは、私がその作品になにを込めたのかと同じくらい重要だとは思う。でも、自分が作品になにを込めたのか、それが自分にとってどんな意味を持つのかということを、少しばかり語れてうれしく思う。

血を分けた子ども

ぼくの少年時代最後の夜、まずは家に来客があった。ト・ガトイの妹が、ぼくたちに無精卵を二個くれたのだ。ト・ガトイはそのうち一個をぼくの母と兄と姉と妹にあげた。もう一個はぼくひとりで食べるように、と言って譲らなかった。べつに大した問題ではなかった。みんなの気分がよくなるだけの量は十分にあった。でも、全員に渡ったわけではない。母は受け取ろうとはしなかった。座ったまま、ほかのみんなが夢のなかを漂っていくのを見守っていた。もっぱら、ぼくを見つめていた。

ぼくはト・ガトイのベルベットのような腹部にもたれかかり、もらった卵の中身をちびちび飲みつつ、こんな害のない楽しみを母はどうして拒むのだろうと考えていた。たまにでも楽しんでいれば、いまのように白髪も増えていないはずなのに。卵は寿命を延ばし、生命力を長持ちさせてくれる。父は人生で一度も卵を断ったことはなく、そのおかげで寿命が倍に延びた。そして、人生の黄昏にさしかかり、もう衰えてきているはずのころに母と結婚して、四人の子どもの父となった。

でも、母は老け込むにはまだ早いのに、老いていくことに満足しているようだった。母が顔を背《そむ》けると、ト・ガトイの脚が何本か、ぼくをしっかり抱え込んできた。ト・ガトイはぼくたちの体温を気に入っていて、なるだけそれを利用しようとする。ぼくが小さくて、家にいる時間がもっと長かったときはよく、ト・ガトイ相手にはいい子でいるように母に諭されていた。敬意を持って、いつも言うことを聞くこと、なぜならト・ガトイはトリクの政府において「保護区」の責任者であり、テランたちと直接やりとりをするトリクのなかでもっとも重要な地位にいるのだから。彼女を家族に迎え入れるのは名誉なことなのです、と母は言った。母が一番かしこまった厳しい口調になるのは、嘘をついているときだった。

どうして母が嘘をついているのかはおろか、なにについて嘘をついているのかすら、ぼくには見当もつかなかった。ト・ガトイを家族に迎え入れるのは確かに名誉だったが、べつに目新しいことではない。母とト・ガトイは小さなときからの付き合いだし、ト・ガトイのほうは第二の家だと思っている家で仰々しく迎えてもらいたいとは思っていなかった。ただ入ってきて、自分用の特別な寝椅子に上がり、ぼくを呼んで体を温めさせたのだ。ぼくからすれば、彼女に体を預けて横になり、あなたは痩せすぎだ、といつもの文句を言われているときに、かしこまっているなんて無理な相談だった。

「よくなった」と、彼女は脚のうち六、七本を使ってぼくの体をくまなく探りつつ言った。「ようやく体重が増えてきている。痩せているのは危険だから」探る動きはわずかに変化して、一連の撫でる動きになった。

「まだ痩せすぎ」と母は鋭い声で言った。

ト・ガトイが頭を上げると、体のうち一メートルほどが寝椅子から浮き、体を起こすかに思えた。彼女にじっと見られると、母は皺《しわ》が入って老いた顔を背けた。

「リエン、ギャンが残した卵を飲んでほしい」

「卵は子どもたちのためのものだから」と母は言った。

「一家のために持ってきた。飲んでほしい」

渋々それに従い、母はぼくの手から卵を取ると口に当てた。弾力があるがもう萎《しお》れてしまった殻のなかには数滴しか残っていなかったが、母はそれを絞り出して飲み込み、しばらくすると、顔に入っていた張り詰めた皺がほぐれはじめた。

「いい気分」と母はささやいた。「ときどき、どんなにいいものか忘れてしまう」

「もっと飲めばいいのに」とト・ガトイは言った。「どうしてそんなに急いで歳を取ろうとするの？」

母はなにも言わなかった。

「ここに来るのは好き」とト・ガトイは言った。「あなたがいるからここでひと息つけるのに、あなたは自分を大事にしようとしない」

ト・ガトイは外では矢面に立っていた。彼女の仲間たちは、ぼくたちをもっと多く利用できるようにしたいと思っていた。その大群と、ぼくたちとのあいだに入っているのは、ト・ガトイとその派閥だけだった。その大群はわかっていなかった。保護区があるのはなぜなのか、テランたちを誘ったり、金を渡したり引き抜いたりして、なんらかの方法で自分たちが利用できるようにしてはならないのはなぜなのか。あるいは、わかってはいたが、必死だったのでそんなことには構っていられなかったのか。ト・ガトイはぼくたちを小分けにして必死な者たちに与え、裕福な有力者たちに売って、政治的な後ろ盾を手に入れた。そんなわけで、ぼくたちは必需品であり、社会的地位の象徴であり、独立集団でいられた。ト・ガトイは家族の融合を管轄し、それ以前にテランの家族をばらばらにして忌々しいトリクたちにあてがっていた制度の残滓に終止符を打った。ぼくも、外で彼女と一緒に暮らしたことがあった。必死な目を向けられているのを感じた。自分たちはその必死さにあっさり飲み込まれてしまうのだ、守ってくれるのは彼女だけなのだ、とわかると、少し怖かった。母はときどき、ト・ガトイを見つめて、「彼女の面倒を見てあげて」とぼくに言うことがあった。そんなときは、母も外にいて、あれを目にしたのだと思い出した。

いま、ト・ガトイは脚を四本使ってぼくを押しのけて床に下ろした。「行っておいで、ギャン」と彼女は言った。「そっちで姉妹と座って、夢見心地を楽しんできなさい。あなたはほぼ卵を一個飲んだのだから。リエン、こっちに来て温めて」

母はためらったが、どうしてなのかぼくにはわからなかった。ぼくの一番古い記憶には、母がト・ガトイと並んで横になり、理解できない話をして、ぼくを床から抱き上げると、笑いながら、ト・ガトイの体節のどこかに置いて座らせた、というものがある。そのころの母は、卵を渡されれば飲んでいた。いつ、それをやめたのだろう。どうしてやめたのだろう。

母がようやくト・ガトイに体を預けるように横になると、ト・ガトイの体の左側に並ぶ脚のすべてが母を包み込み、きつくはないがしっかりと押さえた。ぼくにとってはいつも心地いい姿勢だったが、姉を除けば家族はみんなそれを嫌がった。檻に入れられたような気分になる、というのだ。

ト・ガトイは母を閉じ込めるつもりだった。それを終えると、尾を少しだけ動かしてから話し出した。「リエン、卵が足りていない。渡されたときにはちゃんと飲むこと。ほんとうに飲んだほうがいい」

ト・ガトイの尾がもう一度動いた。鞭打つような動きは、きちんと見ていなければ目に留まらないくらい素早かった。彼女に刺されたが、母のむき出しの脚からは血が一滴垂れただけだった。

母は声を上げた。おそらくは驚きのせいで。刺されても痛くはない。それから母はため息をついて、体から力が抜けていくのがぼくにもわかった。母はけだるげに動き、ト・ガトイの脚が作る檻のなかでもっと楽な姿勢になった。「どうしてこんなことを？」と言う母の声は、眠そうだった。

「あなたが進んで苦しんでいるのを見ていられなかったから」

母は両肩を少しだけすくめる動きをした。「明日ね」と言った。

「そう、明日になれば、あなたはまた苦しみはじめる――どうしてもと言うのなら。でもいまは、いまだけは、ここで横になって私を温めてほしい。自分をいじめないようにしてあげるから」

「息子はまだ私のものだから」と、母は唐突に言った。「あの子を私から買っていくことはできない」素面《しらふ》なら、母はそんなことを口にするはずがない。

「そのとおり」とト・ガトイは母に話を合わせた。

「私が卵目当てにあの子を売るとでも？　長生きするために？　自分の息子を？」

「そんなことはありえない」とト・ガトイは言い、母の肩を撫でて、灰色になりかかった長い髪の毛をいじった。

　ぼくも、できることなら母に触れて、そのひとときを一緒に過ごしたかった。そのときに母に触れたなら、きっと手を握ってもらえただろう。卵を飲んだことと刺されたことで解き放たれて、微笑んで、ずっと胸にしまっておいた思いを口にすることだってあったかもしれない。でも、明日になってそれを思い出せば、すべては屈辱に思えてしまうだろう。ぼくは屈辱の記憶の一部になりたくはなかった。じっとしていて、母が義務と誇りと痛みを抱えるなかでもぼくを愛してくれているとわかっていれば、それでいい。

「スアン・ホア、靴を脱がせてあげて」とト・ガトイは言った。「もう少ししたらもう一度刺して、眠れるようにするから」

　姉はそれに従い、酔ったようにふらふらと立ち上がった。母の靴を脱がせると、ぼくのそばに座って手を握ってきた。姉とぼくはいつも仲良しだった。

　母は後頭部をト・ガトイの腹部に預け、その不自然な角度から、幅が広く丸い彼女の顔を見上げようとした。「もう一度刺すつもり？」

「そうだよ、リエン」

「明日の昼まで眠ってしまう」

「それがいい。あなたは眠らないと。最後に眠ったのはいつ？」

　母は苛立ったような、言葉にならない音を発した。「あなたがまだ小さいときに踏み潰してしまえばよかった」と、母はつぶやいた。

　ふたりのあいだの、昔からの冗談だった。ふたりは一緒に育ったようなものだが、母が生まれたときから、ト・ガトイはテランたちには踏み潰せないくらいの大きさになっていた。しかも、そのときの母の三倍歳を取っていたが、母の寿命が終わったとしても、ト・ガトイはトリクとしてはまだ若いほうに入る。でも、母と出会ったときのト・ガトイは一気に成長期に入ろうとしていた——言ってみれば、トリクの思春期だ。母はほんの子どもだったが、ふたりは同じ速さで成長し、お互いが一番の友達だった。

ぼくの父になる人と母を引き合わせたのも、実はト・ガトイだった。両親は歳の差はあれど相性がよく、結婚した。そのころ、ト・ガトイは自分の一族の家業を継ごうとしていた。つまり、政治だ。母と顔を合わせることも減った。でも、姉が生まれる少し前に、母は子どものひとりをト・ガトイに与える約束をした。ぼくたちのうち誰かを渡さねばならないのなら、赤の他人よりもト・ガトイに渡すほうがいいと思ったのだ。

何年も経った。ト・ガトイはあちこち旅をして、影響力を増していった。必死に働いた当然の報酬をもらうべく、母のところに戻ってきたト・ガトイは、保護区を手中に収めていた。姉はすぐにト・ガトイのことが好きになって、選ばれたがったが、母はちょうどぼくを出産するところだったし、ト・ガトイも、幼児を選んでその成長のすべてに関わるという案が気に入った。ぼくは生まれて三分後にはト・ガトイの脚に包み込まれていたそうだ。数日後、ぼくは最初の卵を味わった。ト・ガトイのことが怖くなったりしないのか、とテランたちに訊かれれば、いつもその話を聞かせてやる。そして、ト・ガトイにテランの子どもを勧められたトリクが、無知なうえに気がはやっているせいで思春期の少年か少女を要求すると、ぼくはその話をする。どういうわけかトリクを怖れ、信用しなくなってしまった兄ですら、早いうちに話をつけていたなら、トリクの家族にすんなり溶け込めたはずだ。そのほうが兄にはよかったのに、と思うこともある。ぼくは兄を見た。部屋の反対側で寝そべり、目は開けたままだが、卵で夢を見ているせいでどんよりした目つきになっている。トリクのことをどう思っているにせよ、兄はいつも卵の取り分を要求した。

「リエン、立ち上がれる？」と、突然ト・ガトイが訊ねた。

「立つ？」母は言った。「もう眠るんじゃないの？」

「それはあとで。外のなにかがおかしい」檻はいきなり消え失せた。

「なに？」

「立って、リエン！」

母はその口調に気がつき、立ち上がったので、床に放り出されずにすんだ。ト・ガトイは三メートルある体をくねらせて寝椅子から離れ、扉に向かい、全速力で外に出た。彼女の体には骨があった。肋骨、長い脊髄、頭蓋骨、体節ごとに四本ずつついた脚の骨。だが、そうやってうねるように動き、狙ったとおりに着地してそのまま走っていくとき、彼女は骨がないどころか水のように思えた——水のなかにいるかのように、空中を泳いでいくようだった。ぼくはその動きを見るのが大好きだった。

ぼくは姉のそばを離れ、ト・ガトイを追って扉から出ようと動き出したが、足がふらついてしまった。座ったまま夢を見ているほうがよかったし、女の子を見つけて、一緒に目を閉じずに夢を見るほうがさらによかった。かつて、トリクがぼくたちを都合のいい大型の恒温動物としか思っていなかったころは、男女数人が同じ囲いに入れられて、卵のみを与えられていた。

そうすることで、どれだけぼくたちが我慢しようとしても、トリクは次のテランの世代を確保することができたのだ。それが長くは続かなかったのは幸運だった。二、三世代続いていれば、ぼくたちはほんとうに都合のいい大型の家畜でしかなくなっていただろう。

「ギャン、扉を開けておいて」とト・ガトイは言った。「みんなには部屋に入るように伝えて」

「どうしたの？」とぼくは訊ねた。

「ン・トリクがいた」

ぼくは怯《ひる》んで扉にもたれた。「ここに？　独りで？」

「通話ボックスに行こうとしていたのだと思う」ト・ガトイは気を失ったその男の体を外套のように畳んで脚の上に載せ、ぼくのそばを通って家に入った。兄くらいの年齢と思われる若い男で、本来よりも痩せていた。ト・ガトイなら危険な痩せ方だと言うだろう。

「ギャン、通話ボックスに行って」ト・ガトイは言った。男を床に寝かせると、服を剝ぎ取りはじめた。

ぼくは動かなかった。

しばらくすると、ト・ガトイは顔を上げてぼくを見た。動きが突然止まるのは、かなり苛々しているしるしだ。

「キーに行ってもらえばいい」とぼくは彼女に言った。「ぼくはここに残る。手伝えるかもしれないし」

ト・ガトイはまた脚が動き出すに任せて、男を持ち上げてシャツを頭から脱がせた。「見ないほうがいい」と彼女は言った。「かなり大変なことになる。この男のトリクと同じようには、私は助けてやれない」

「わかってる。でも、キーを行かせてほしい。兄さんはここではなにも手伝いたがらないだろうから。少なくとも、ぼくはやる気がある」

ト・ガトイはぼくの兄を見た。年上で、体も大きくて強く、間違いなくここで彼女を手伝える。兄は上体を起こそうとして、壁にもたれかかり、床に横たわっている男をまじまじと見つめて、恐怖と嫌悪感をむき出しにしている。ト・ガトイですら、兄は役に立たないとわかった。

「キー、行きなさい！」と彼女は言った。

兄は文句を言わなかった。立ち上がり、少しふらついてから足がしっかりした。恐怖で頭がすっきりしたのだ。

「この男はブラム・ロマス」とト・ガトイは男の腕輪にある名前を読み上げた。ぼくは共感して、自分の腕輪に指で触れた。「彼にはト・ホトギフ・テーが必要。わかった？」

「ブラム・ロマス、ト・ホトギフ・テー」と兄は言った。「行ってくる」兄はロマスのまわりをよけていき、扉から駆け出た。

ロマスの意識が戻りはじめた。最初はうめき、ト・ガトイの脚の二本を発作的につかむだけだった。妹はようやく卵の夢から覚め、近づいて男をよく見ようとしたが、そのうち母に引き戻された。

ト・ガトイは男の靴、そしてズボンを脱がせ、そのあいだも脚を握らせておいた。最後の数本を除けば、彼女の脚はどれも同じくらい器用だった。「ギャン、今回は文句を言わせない」と彼女は言った。

ぼくは背筋を伸ばした。「なにをすればいい?」

「外に出て、少なくとも自分の半分くらいの大きさの動物を畜殺してくること」

「畜殺?　でもそんなのいままで――」

ト・ガトイはぼくを部屋の反対側まで突き飛ばした。針を出していようといまいと、尾は使い勝手のいい武器だった。

自分の愚かさを噛み締めつつ、ぼくは台所に入った。ナイフか斧でなにかを殺せるかもしれない。母は食用にテランが連れてきた動物を二、三頭、毛皮用にこの地の動物を数千頭飼っていた。ト・ガトイは自分の土地の動物がいいと思うかもしれない。アクティ一頭でどうだろう。アクティの何頭かはちょうどいい大きさだったが、歯の数はぼくの三倍もあり、とにかくその歯でなにかを噛みたがる。母とホアとキーは、ナイフを使ってアクティを殺すことができた。ぼくは一頭も殺したことはなかったし、そもそも動物を畜殺した経験もまったくなかった。兄や姉や妹が家業を学んでいる一方で、ぼくはほとんどの時間をト・ガトイと過ごしていた。ト・ガトイの言うとおりだった。ぼくが通話ボックスに行けばよかった。少なくとも、それならできる。

隅にある戸棚に行った。母が家まわりと菜園用の道具を保管しているところだ。その戸棚の裏には、台所の排水管が一本通っている――とはいえ、もう排水はしていない。ぼくが生まれる前に、父が排水の経路を作り変えていた。いま、この排水管をひねれば前半分が回転して後ろに折れ曲がるので、なかにライフルを一丁入れておくことができる。銃はほかにもあったが、すぐに出せるのはこのライフルだった。それを使って、とくに大きなアクティを一頭撃たないといけないだろう。そうすると、おそらくはト・ガトイに没収される。保護区では火器は禁止されていた。保護区が設置されてすぐ、事件が頻発したのだ。テランによる、トリクやン・トリクの銃撃だった。家族の融合が始まり、誰もが平和を守らないと損をするようになる前のことだった。ぼくが生まれてから、あるいは母が生まれてから誰かがトリクを撃ったことは一度もなかったが、法はまだ健在だった。ぼくたちを守るため、という名目で。かつて、暗殺が横行していたころは、報復としてテランの一家が丸ごと消されてしまったという話はいくつもあった。

ぼくは檻が並ぶところに行き、ざっと見たなかで一番大きなアクティを撃った。見た目のいい、繁殖期のオスで、ぼくがそれを引きずって家に入ってくるのを見れば母はいい顔をしないだろう。でも、ちょうどいい大きさだったし、ぼくは急いでいた。

アクティの長く温かい体を背負って——増えた体重のいくらかが筋肉でよかったと思った——ぼくは台所に運んでいった。台所に入ると、ライフルを隠し場所に戻した。もし、アクティの傷に気がついたト・ガトイに、銃を渡すように言われたら、そのとおりにするつもりだった。そうでなければ、父が望んだところに置いておこう。

アクティをト・ガトイのところに持っていこうと振り向いたところで、ためらった。数秒間、閉じた扉の前に立ったまま、いきなり怖くなったのはどうしてなのかと自問した。これからどうなるのかは知っている。まだ目にしたことはなかったが、ト・ガトイは図や絵を見せてくれた。ぼくが理解できる年齢になるとすぐ、真実を教えてくれたのだ。

でも、その部屋に入りたくはなかった。母がナイフを保管している木彫りの箱から一本取り出し、少し時間を稼いだ。アクティの皮膚は硬く毛深いから、ト・ガトイに一本必要になるかもしれない、と自分に言い聞かせた。

「ギャン！」と呼ぶト・ガトイの声には、切迫した鋭さがあった。

ぼくは生唾を飲み込んだ。足をほんの少し動かすだけのことが、こんなに大変だとは思ってもいなかった。自分が震えていることに気がつき、恥ずかしくなった。その恥ずかしい気持ちに押されて、扉を抜けた。

ト・ガトイの近くにアクティを下ろすと、ロマスがまた気を失ったのがわかった。部屋には彼女と、ロマスと、ぼくしかいなかった。母と姉と妹はおそらく、見なくてすむように外に出されたのだろう。ぼくはそれが羨ましかった。

でも、母は部屋に戻ってきた。ちょうどト・ガトイがアクティをつかんだときだった。ぼくが差し出したナイフを無視して、彼女は脚の何本かから爪を出し、アクティの喉から肛門まで切り裂いた。ぼくを見つめる黄色い目は熱心だった。「ギャン、この男の両肩を押さえて」

ぼくは動揺し、ロマスを凝視した。この男に触れたくもないのに、押さえておくなんてとんでもない。動物を一頭撃つのとはわけが違う。撃つことに比べればゆっくりしていて、情け深くもなく、引導を渡すということにもならないはずだが、とにかく関わりたくはなかった。

母が歩み出た。「ギャン、右側を押さえて」と言った。「左側は私がやる」もし、この男が意識を取り戻せば、そうとは気がつかないまま母を投げ飛ばしてしまう。母は小柄だった。どうやってこんな大きな子どもたちを産んだのかしら、とよく言っていた。

「いいから」とぼくは言って、ロマスの両肩をつかんだ。「ぼくがやる」母はそばを離れなかった。

「大丈夫だよ」とぼくは言った。「母さんに恥はかかせない。ここで見てなくてもいいから」

母は自信なさそうにぼくを見た。そして、珍しくそっと顔に触れてくれた。ようやく、自分の部屋に戻った。

ト・ガトイはほっとして、頭を少し低くした。「ありがとう、ギャン」と言うときの丁寧さは、トリクというよりテランに近かった。「あの人は……いつも何かしら私を使って苦しもうとする」

ロマスはうめき、喉が詰まったような音を出しはじめた。気を失ったままでいてくれたら、とぼくは願っていた。ト・ガトイは彼に顔を近づけ、目を向けさせた。

「いまのところ、限度ぎりぎりまであなたを刺した」とト・ガトイは彼に言った。「これが終わったら、刺して眠らせてあげるから。そうすればもう痛くはない」

「お願いだ」と男はせがんだ。「待って……」

「ブラム、もう時間がない。終わったらすぐに刺してあげるから。ト・ホトギフがここに来れば、あなたを治す卵をくれるはず。すぐに終わる」

「ト・ホトギフ！」と男は叫び、ぼくの両手に強く体を当ててきた。

「すぐだから、ブラム」ト・ガトイはちらりとぼくを見て、それから爪を一本、彼の腹の中央少し右側、左の肋骨のすぐ下に当てた。右側には動きがあった——小さな、一見してばらばらの脈動がロマスの茶色い肌を動かし、突き出たりへこんだりする動きを繰り返していたので、じきにぼくにもそのリズムがわかるようになり、次の脈動がどこに出るのか予測できた。

ト・ガトイは爪を当てただけだったが、ロマスの全身はこわばった。ト・ガトイは体の下半分を彼の両足に巻きつけた。ぼくの手を振りほどくことはできても、彼女からは逃れられない。ロマスが弱々しく泣いているのをよそに、ト・ガトイは脱がせたズボンでその両手を縛ると頭の上に動かして、ぼくが手と手のあいだの布にひざを当てて固定できるようにした。それからロマスのシャツをまくり上げると、それを噛ませた。

そして、ロマスの体を開いた。

最初に切り込みが入ると、ロマスの体は痙攣《けいれん》した。ぼくはあやうく押しのけられそうになった。彼が発した音……あんな音が人間から出てくるのを聞いたのは初めてだった。ト・ガトイはお構いなしといった風で、さらに長く深く切り込みを入れていき、ときおり手を止めては血を舐め取っていた。彼女の唾液の成分に反応して、ロマスの血管は収縮し、出血は穏やかになった。

まるで、ト・ガトイが彼を拷問しつつ食べていくのに手を貸しているような気分だった。もうすぐ吐いてしまう。それはわかったし、いままで吐いていないのがどうしてなのかはわからなかった。彼女がすべてをやり終えるまで耐えられるはずがない。

彼女は一四目の幼虫を見つけた。その幼虫は丸々としていて、体の外側も内側も彼の血で真っ赤だった。自分の卵の殻はすでに食い尽くしていたが、どうやらまだ宿主を食べはじめてはいなかった。この段階になると、幼虫は母親以外のどんな肉でも食べようとする。放っておけば、毒を排出し続け、ロマスはそれで具合が悪くなって気がついただろう。ついには、幼虫は食べはじめてしまう。肉を食い破って出てくるころには、ロマスはもう死んでいるか、死にかけている。そして、自分を殺そうとするものに仕返しをすることはできない。宿主の具合が悪くなってから、幼虫が宿主を食べはじめるまでには、いつも猶予期間があった。ト・ガトイは体をくねらせるその幼虫をそっと取り上げて見つめ、男のひどいうめき声はなぜか無視していた。

出し抜けに、ロマスは気を失った。

「よかった」ト・ガトイは彼を見下ろした。「あなたたちテランが自分の意思で気を失うことができたらいいのに」彼女はなにも感じていない。そして、持っているそれは……。

それはまだ脚も骨もなく、長さ十五センチメートルで幅は二センチメートルほど、目は見えておらず、血でぬめぬめしていた。大きなミミズのようだった。ト・ガトイがアクティの腹のなかに入れると、幼虫はすぐに潜り込もうとした。そのままアクティのなかで、食べるものがなくなるまで食べ続けるのだ。

ロマスの肉のなかをさらに探り、ト・ガトイはあと二匹を見つけた。小さい幼虫のほうが、動きは活発だった。「オスがいた！」ト・ガトイはうれしそうに言った。そのオスは、ぼくよりも先に死ぬだろう。姉妹たちに脚が生えるよりも前に変態を終え、じっとするものすべてを破壊する。ト・ガトイによってアクティのなかに入れられるとき、そのオスの幼虫だけは本気で彼女に噛みつこうとした。

より白い色の幼虫たちが、ロマスの肉のなかで蠢《うごめ》いているのが見えるようになった。ぼくは目を閉じた。死んで腐りかけた体に小さな動物の幼虫が無数にたかっているのに出くわすよりも耐えがたかった。それに、どんな図や絵よりもはるかにむごかった。

「ああ、まだまだいる」とト・ガトイは言い、太く長い幼虫を二匹引き抜いた。「ギャン、もう一頭殺さないとだめかもしれない。あなたたちテランのなかでは、なんでも生きられる」

小さなころからずっと、トリクとテランたちが一緒にしているのは、必要でいいことなのだ、と聞かされていた。出産のようなものなのだ、と。そのときまでは、ぼくもそう信じていた。どちらにしても、出産は痛いし血が出るものだとわかっていた。でも、これはまたべつの、もっとひどいなにかだ。ぼくはそれを目にする準備ができていなかった。準備なんて一生できないかもしれない。でも、見ないわけにはいかなかった。目を閉じても意味はない。

ト・ガトイは卵の殻を食べている幼虫を一匹見つけた。殻の残骸はまだ、独自の小さな管だか鉤だかで血管に結びつけられていた。幼虫はそれによって固定され、それによって養分を得る。まずは血だけをもらい、そのうち外に出てくるのだ。そして、伸びきった弾力性のある殻を食べる。それから、宿主を食べる。

ト・ガトイは卵の殻を嚙みちぎり、血を舐め取った。その味が好きなのだろうか。子どものころの習慣はそう簡単には消えないのか、そもそも消えることなどないのだろうか。

そのすべてが間違っていて、見知らぬものだった。彼女のなにかが、自分にとって見知らぬものになってしまうとは思いもよらなかっただろう。

「あと一匹かな」と彼女は言った。「二匹かもしれない。立派な家族だね。最近の宿主動物では、一、二匹が生きていれば上出来だから」そして、ぼくをちらりと見た。「ギャン、外に出て、胃のなかを空にしてきなさい。この男が気を失っているうちに」

ぼくはよろめいて、どうにか外に出た。正面扉のすぐそばにある木の下で、なにも出てこなくなるまで吐いた。しばらくして、体を震わせながらどうにか立ち上がった。涙が頬を伝っていた。どうして泣いているのか自分でもわからなかったが、止められなかった。見られないように、家から少し離れた。目を閉じるたびに、赤い幼虫が、さらに赤い人間の肉の上を這いずり回る光景が浮かんできた。

一台の車が、家に向かってくる。農業用のいくつかの機器を除き、モーター付きの乗り物はテランたちには禁じられていたので、その車にはロマスのトリクと兄のキーが乗っているか、もしかするとテランの医者も一緒かもしれない。ぼくはシャツで顔を拭い、どうにか落ち着こうとした。

「ギャン」と、車が止まると兄が声をかけてきた。「どうした？」円形で低い、トリク向けの車の扉から這い出てきた。もうひとりのテランが反対側から這い出して、ぼくにはなにも言わずに家に入った。医者だ。医者の手と、何個か卵があれば、ロマスは生き延びられるかもしれない。

「ト・ホトギフ・テー？」とぼくは言った。

運転していたトリクは車から飛び出してくると、上体をぼくの前で立ち上げた。ト・ガトイよりも色白で小さかった――おそらくは、動物の体から生まれたのだろう。テランの体から生まれたトリクは、数が多いだけでなくつねに大型だった。

「幼虫が六匹」とぼくは彼女に伝えた。「七匹かもしれない。みんな生きてる。少なくとも一匹はオス」

「ロマスは？」彼女は耳障りな声で言った。その質問をしたことも、それを口にしたときの声ににじむ心配そうな気持ちも、ぼくは気に入った。ロマスが最後に口にした言葉らしい言葉とは、彼女の名前だったのだから。

「生きてるよ」とぼくは言った。

彼女はそれ以上なにも言わずに家に急いだ。

「彼女は具合を悪くしてた」と、その後ろ姿を見ながら兄は言った。「おれが電話したときは、大変だけど外に出れる状態じゃないだろってみんなに言われてるのが聞こえた」

ぼくはなにも言わなかった。それまでは、トリクたちにも好意を持っていた。いまは、誰とも話したくなかった。好奇心が出たとか、なんでもいいから、兄が家に入ってくれたらいいのにと思っていた。

「ようやく、自分が知りたくないようなものを見たってことか？」

ぼくは兄を見た。

「彼女みたいな目でおれを見るな」と兄は言った。「おまえは彼女とは違う。彼女の所有物でしかない」

彼女みたいな目。ト・ガトイの表情を真似る能力すら、ぼくは身につけていたのだろうか。

「なにをした？　吐いたか？」兄はくんくんとあたりを嗅いだ。「てことは、自分がどうなるのかわかったわけだ」

ぼくは兄から離れた。小さかったころは仲良しだった。ぼくが家にいるときは兄の後ろについて回らせてくれたし、ト・ガトイに街に連れていってもらうときは、兄も一緒に行った。でも、兄が思春期にさしかかると、なにかが変わってしまった。それがなにかはわからずじまいだった。兄はト・ガトイを避けるようになった。そして、逃げるようになった——でもそのうち、逃げる先などないことを悟った。保護区のなかにはない。その外でもありえない。そのあとは、家に持ってこられる卵の分け前をもらうことと、うんざりする目つきでぼくを見張ることに専念していた。その目つきは明らかにこう語っていた——おまえが元気でいさえすれば、おれはトリクの手にかからずに安全でいられる。

「実際、どうだった？」兄はついてきて、しつこく訊いてきた。

「アクティを一頭殺した。幼虫が食べたよ」

「アクティが食われたくらいで、家から駆け出て吐いたりはしないだろ」

「人が……切り開かれるのを見たのは初めてだ」ほんとうのことだったし、それだけで兄には伝わった。もうひとつのことは口にできなかった。兄には。

「そうか」と兄は言った。もっとなにか言いたげな目を向けてきたが、なにも言わなかった。

ぼくたちはどこへともなく歩いた。裏手のほうに、檻のあるほうに、草地のあるほうに。

「なにか言ってたか？」と兄は言った。「ロマスはってことだ」

ほかに誰がありえるだろう。「ト・ホトギフって」

兄は身震いした。「もしおれが彼女にあんなことをされたら、来てほしいなんて絶対に言ったりはしない」

「言うだろ。刺してもらえれば、体のなかの幼虫を殺さずに痛みが収まる」

「幼虫が死ぬかどうか、おれが気にするとでも？」

もちろん、気にするわけがない。では、ぼくはどうだろう？

「ちくしょう！」兄は息を深く吸い込んだ。「幼虫がなにをするのか、おれも見た。ロマスの件がひどいことだとでも思ってるのか？　あんなの序の口だ」

ぼくは反論しなかった。兄はよくわからないまま話しているのだ。

「幼虫が男を食べるのを見た」と兄は言った。

ぼくは兄のほうに向き直った。「そんなの嘘だ！」

「男を食ってるのを見たんだ」兄は言葉を切った。「おれが小さかったときだ。ハートムンド家に行った帰り道だった。その途中で、男とトリクを見かけた。男はン・トリクだった。地面が小高く盛り上がっていたから、おれはその陰に隠れて見ていた。幼虫に食わせるものが見つからないから、そのトリクは男の体を開こうとしなかった。男はもう歩けなくなっていたし、近くに家はなかった。男は痛みに苦しんでて、殺してくれと彼女に頼んでいた。お願いだから殺してくれって。ついに、彼女は言われたとおりにした。男の喉をかき切ったんだ。爪を一本さっと動かして。幼虫たちが食い破っては、また潜り込むのが見えた。食い続けていた」

その言葉で、寄生されてうねっているロマスの体が目に浮かんだ。「どうして言ってくれなかった？」とぼくは小声で言った。

兄はびっくりした顔をした。まるで、ぼくが聞いているのを忘れていたかのように。「どうしてかな」

「それからしばらくして、兄さんは逃げるようになったんだろ？」

「そうさ。ばかだった。保護区のなかで逃げようなんてな。檻のなかで逃げてたわけだ」

ぼくは首を横に振って、ずっと前に言うべきだったことを伝えた。「彼女は兄さんを選ぶつもりはなかった。心配しなくてもいい」

「選ぶだろうさ。もし……おまえになにかあれば」

「いや。スアン・ホアにするだろう。ホアはそれを……望んでる」ホアにしても、部屋にいるロマスを見れば、望みはしないだろう。

「あいつらは女を選ばない」と兄は蔑むように言った。

「選ぶときもある」ぼくは兄をちらりと見た。「ほんとうは、女のほうがいいと思ってるんだ。トリク同士で話をしているのを聞いてみたらいい。女のほうが体脂肪もあって幼虫を守ってくれると言ってる。でも男を選ぶのは、女たちが子どもを産めるようにするためだ」

「次の世代の宿主動物を提供させるためにな」と言う兄の口調は、蔑みから苦々しさに変わっていた。

「それだけじゃない！」とぼくは言い返した。そうだろうか？

「おれだって選ばれてたら、それだけじゃないって信じたくもなるだろうさ」

「ほんとうにそうなんだよ！」ぼくは子どもになったような気分だった。愚かな言い分だ。

「あの男の腹からト・ガトイが幼虫をつまみ出してるときもそう思ったのか？」

「あんなことになるはずじゃなかった」

「あんなことになるんだって。おまえは見ないはずだっただけだ。それに、あいつのトリクがやるはずだった。あの男を刺して気を失わせれば、手術はあんなに痛くはなかったはずだ。それでも、体を開いて、幼虫を取り出すわけだし、一匹でも見逃してたらその幼虫に毒を出されて内側から食われてしまう」

母からは、キーは兄なのだから敬意を払いなさいと言われたことも確かにあった。ぼくは兄に対して憤然とした気持ちのまま立ち去った。ざまあみろ、と兄は言ったのだ。兄は安全な身だったが、ぼくは違った。殴りかかることもできたが、もし兄が殴り返してこず、軽蔑と憐れみの目を向けてきたら、それに耐えられるとは思えなかった。

兄はぼくを逃がさなかった。ぼくよりも長い脚でさっと前に回り込まれると、つきまとっているのはぼくのほうだという気分にさせられた。

「悪かったよ」と兄は言った。

ぼくはむかついたまま、大股で歩き続けた。

「あのな、おまえのときはそこまでひどくはならないだろうし。ト・ガトイに気に入られているんだ。気をつけてやってくれるって」

ぼくは家に向かって引き返し、兄から走って逃げるような足取りになった。

「まだされてないのか?」と、兄は気さくな口調のまま言った。「だって、産みつけるにはちょうどいいくらいの年齢だろ。そろそろ――」

ぼくは兄に殴りかかった。自分でも意外な行動だったが、兄を殺すつもりだったのだろう。兄がぼくより大柄でなく力も強くなかったなら、きっと殺していただろう。

兄はぼくを押さえつけようとしたが、そのうち実力行使をするしかなくなった。といっても、ぼくを二回ほど殴っただけだった。それで十分だった。ぼくは倒れたときのことは覚えていないが、目を覚ますと、兄の姿はなかった。追い払えたわけだから、痛い思いをした甲斐があった。

起き上がって、ゆっくり家に歩いていった。裏口は暗かった。台所には誰もいなかった。母と姉と妹は部屋で寝ている。あるいは、寝たふりをしている。

台所に入るとすぐに、声が聞こえてきた。隣の部屋にいるトリクとテランだ。なにを言っているのかはわからなかった。わかりたくなかった。

ぼくは母のテーブルの前に座り、静まるのを待った。すり減ってすべすべするテーブルは、重くていいつくりだった。死ぬ少し前に、父が母のために作ったのだ。父がそれを作っているときに、自分がその足元をうろうろしていた記憶がある。父は気にしなかった。いま、ぼくはテーブルに寄りかかって座り、父を恋しく思った。長い人生のなかで、父はそれを三度経験した。三度産卵され、三度体を開かれ、縫い合わされたのだ。どうすれば、そんなことができたのだろう。どうすれば、人はそんなことができるのだろう。

ぼくは立ち上がり、隠してあったライフルを手に取ると、それを握って座り直した。銃は掃除して油を差す必要があった。

ぼくは弾を込めただけだった。

「ギャン？」

彼女がなにも敷いていない床を歩くときには、かちかちという小さな音が響く。次々に下りる脚が床に当たるからだ。かちかちという小さな音の波。

彼女は近くに来て、上体を大きく上げると、一気にテーブルに乗った。ときどき、動きがあまりになめらかなので、水が流れているように思える。彼女はテーブルの中央でとぐろを巻くような姿勢になり、ぼくを見た。

「あれはひどかった」とト・ガトイは言った。「あなたは見るべきではなかった。あんなふうになるはずではないから」

「知ってる」

「ト・ホトギフは――いまはチュ・ホトギフになったけれど――病気で死ぬ。自分の子どもたちを育てることはできない。でも、妹がその世話をするし、ブラム・ロマスの面倒も見る」不妊の妹。どの区画でも、子どもを持てるメスは一頭だけだ。一族を生き永らえさせるのは、その一頭しかいない。その妹はロマスに対して、返しきれないほどの借りがある。

「じゃあ、彼は助かる？」

「助かる」

「彼はもう一度しようという気になるんだろうか」

「誰も、もう頼むことはない」

ぼくはその黄色い目を覗き込み、自問した。どれくらいが、実際にぼくに見えていて理解できているのか。どれくらいがただ想像しているだけなのか。「誰もぼくたちに頼んではこなかった」とぼくは言った。「あなたも、一度も頼んではこなかった」

彼女はわずかに頭を動かした。「顔をどうかした？」

「なんでもない。どうでもいいことだから」暗かったから、人間の目では腫れていることには気づかなかっただろう。明かりといえば、月のひとつが出ていて、部屋の反対側にある窓から光が差し込んでいるだけだった。

「そのライフルでアクティを撃ったの？」

「そうだよ」

「それで私も撃つつもり？」

ぼくは彼女をじっと見つめた。月明かりで輪郭が見える。とぐろを巻いた、優雅な体。「テランの血はどんな味がするんだ？」

彼女はなにも言わなかった。

「あなたはなんなんだ？」ぼくはささやいた。「あなたにとって、ぼくたちはなんなんだ？」

彼女はじっと動かず、とぐろの一番上に頭を預けていた。「私のことは誰よりもよく知っているでしょう」と、そっと言った。「あなたが決めなければ」

「ぼくの顔に起きたのはそれだ」とぼくは言った。

「どういうこと？」

「兄さんにむりやり、なにかをするように決めさせられたんだ。あまりいい結果にはならなかった」ぼくは少しだけライフルを動かして、銃身を斜めに上げて自分の顎に向けた。「少なくとも、それはぼくが決めたことだ」

「このことも、そうなる」

「頼んでみて、ガトイ」

「私の子どもたちを生かしてほしい、と？」

彼女はその手のことをよく言っていた。テランであれトリクであれ、相手を操る術を心得ているのだ。でも、今回は違う。

「宿主動物にはなりたくない」とぼくは言った。「あなたの宿主動物であっても」

ト・ガトイはかなり間を置いてから答えた。「私たちはもう、ほとんど宿主動物を使っていない」と言った。「それは知っているはず」

「ぼくたちを使ってるじゃないか」

「それはそう。あなたたちのことを何年も待って、教えて、お互いの家族をひとつにしている」彼女は落ち着かない様子で動いた。「私たちにとって、あなたたちは動物ではない。それは知っているでしょう」

ぼくは彼女を見つめたまま、なにも言わなかった。

「私たちがかつて使っていた動物は、あなたたちの先祖がやってくるずっと前に、産みつけた卵のほとんどを殺してしまうようになった」と彼女はそっと言った。「ギャン、そのことは知っているでしょう。あなたたちの種族がやってきたから、私たちは健康で繁栄する種族であるとはどういうことなのかを学び直している。そして、あなたたちの先祖は、故郷の世界で仲間に殺されるか奴隷にされそうになって逃れてきて、私たちがいたから生き延びた。私たちは彼らを人として扱ったし、虫けら扱いされて殺されそうになっても保護区を与えた」

「虫けら」という言葉に、ぼくはびくりとした。抑えようがなかったし、彼女もそれに気がついてしまった。

「そうか」彼女は静かに言った。「ギャン、私の子どもを産むよりも死んだほうがましなの？」

ぼくは答えなかった。

「スアン・ホアのところに行ったほうがいい？」

「そうだ！」ホアはそれを望んでいる。姉がすればいい。ロマスを見ずにすんだのだから。きっと誇らしく思うだろう……恐怖に震えることなく。

ト・ガトイがテーブルから床に流れ落ち、ぼくは仰天しそうになった。

「今夜はホアの部屋で寝る」と彼女は言った。「それで、夜のうちか、朝になったらホアに伝える」

展開が早すぎる。姉のホアは、ぼくにとっては二人目の母親のような存在だった。ずっと姉とは仲良しだった。兄とは違って。ト・ガトイを望んでも、ぼくのことを愛してくれるだろう。

「待って！　ガトイ！」

彼女は振り返り、床から上体を持ち上げるとぼくのほうに向き直った。「ギャン、これは大人同士のことだから。私の命だし、私の家族のことなのだから」

「でも、ぼくの……姉さんなんだ」

「あなたが求めたとおりにした。あなたにはもう頼んだでしょう」

「でも――」

「ホアのほうがやりやすい。彼女はずっと、べつの命を体に宿したいと言っていた」

人間の命のことだ。いつの日か、自分の血管ではなく乳房から飲む、人間の赤ん坊のことだ。ぼくは首を横に振った。「ガトイ、姉さんにするのはやめてほしい」ぼくは兄とは違う。でも、同じような人間になるのはわけもないことのようだ。スアン・ホアを盾として使うことができる。真っ赤な幼虫が、自分ではなく姉の肉のなかで育っていると知っているほうが、気持ちは楽なのだろうか？

「ホアにするのはやめてほしい」ぼくは繰り返した。

彼女はじっとしたまま、ぼくを見つめていた。

ぼくは目を逸《そ》らし、そしてまた彼女を見た。「ぼくにやってほしい」

喉元に当てていた銃をぼくが下ろすと、彼女はかがみ込んでそれを奪おうとした。

「だめだ」とぼくは言った。

「法で決められている」と彼女は言った。

「家族のために置いておいてほしい。誰かがいつか、それを使ってぼくを救ってくれるかもしれない」

彼女はライフルの銃身をつかんだが、ぼくは手を放さなかった。引っ張られて立ち上がり、彼女を見下ろす恰好になった。

「ここに置いておくんだ！」とぼくはもう一度言った。「あなたたちにとって、ぼくたちが動物じゃないなら、これが大人同士のことなら、危険を受け入れるんだ。ガトイ、パートナーとやっていくのに、危険は付き物なんだ」

明らかに、彼女はなかなかライフルを諦められずにいる。身震いが全身を走り、彼女は苦悩でシャーッという音を出した。怖いのだ、とぼくはふと気がついた。年齢からして、銃になにができるのかを彼女は見てきていた。そして、自分の子どもたちとこの銃は一つ屋根の下で一緒に過ごすのだ。ほかの銃については、彼女は知らない。この論争において、ほかの銃はどうでもいい。

「最初の卵は今夜産みつける」と、ぼくが銃をしまうと彼女は言った。「ギャン、聞いてる？」

ぼくが卵を丸々一個もらって、ほかの家族はもう一個を分け合うことになった理由が、ほかにあるだろうか。母から、もうついていけないくらい遠くにぼくが行ってしまうと言いたげな目を向けられた理由が、ほかにあるだろうか。ぼくがなにもわかっていなかったとでもト・ガトイは思っているのだろうか。

「聞いてる」

「さあ！」ぼくは彼女に押されるまま台所を出て、先を歩いて自分の部屋に向かった。彼女の声に突然にじむ焦りは本物だった。「ぼくがだめならホアに今夜するつもりだっただろ！」とぼくは非難した。

「誰かに今夜しなければならないから」

ぼくは焦る彼女にあらがって立ち止まり、行く手を塞いだ。「誰が相手でもいいのか？」

彼女はぼくの横を流れるように動いていき、部屋に入った。ぼくも入ると、ふたりで使っている寝椅子で彼女が待っていた。ホアの部屋には、彼女が使えるようなものはなにもない。ホアに床でするつもりだったのだろう。ホアを相手にするつもりだったと考えるだけで、ぼくは違う具合に心が乱れ、いきなり怒りを覚えた。

それでも、服を脱ぎ、彼女のそばに横たわった。なにをすべきか、どうなるのかはわかっていた。小さなころからずっと教えられてきたのだから。刺されると、麻薬のような、心地よいなじみの感覚があった。そして、彼女の産卵管がやみくもに探ってくる感覚。穴は痛みもなく、あっさりと開けられた。入れられるのも簡単だった。ぼくの体に当たる彼女はゆっくりうねり、筋肉を使って、自分の体からぼくの体のなかに卵を押し込んでくる。ぼくは彼女の脚二本にしっかりつかまっていたが、そのうち、ロマスも同じようにつかまっていたことを思い出した。

そして手を放し、うっかり動いてしまい、彼女を傷つけた。彼女が痛みによる低い叫び声を上げたので、一気に脚で閉じ込められるものと思った。そうはならなかった。ぼくはまた彼女につかまった。妙に恥ずかしい気持ちがした。

「ごめん」とぼくはささやいた。

彼女は脚を四本動かして、ぼくの肩を撫でてくれた。

「大事に思ってくれてるの?」とぼくは訊ねた。「相手がぼくだってことを大事に思ってる?」

彼女はしばらく答えなかった。しばらくしてから言った。「ギャン、今夜選んだのはあなたのほうでしょう。私はずっと前に選んでいた」

「だめならホアのところに行くつもりだった?」

「そのつもりだった。自分の子どもを憎んでいる人に預けるわけにはいかないから」

「あれは……憎しみとは違う」

「なんだったのかはわかっている」

「怖かったんだ」

沈黙。

「いまでも怖い」ここなら、いまなら、彼女にそれを打ち明けられる。

「でも、あなたは私を選んだ……ホアを救うために」

「そうだね」ぼくは彼女の体に額を当てた。ひんやりして、ビロードだと勘違いしそうなほど柔らかい体だった。「それに、あなたを独り占めしておくためだった」とぼくは言った。そのとおりだった。自分でもわかっていなかったが、そうだったのだ。

彼女は満足そうな小さく低い声を出した。「あなたを相手にあんな間違いを犯したなんて信じられない」と言った。「私はあなたを選んだ。あなたは大きくなって、私を選んでくれたと信じていた」

「そうだよ。でも……」

「ロマスのせいで」

「そうなんだ」

「誕生の場面を見たテランは、絶対にそれをうまく受け止められない。キーも一度見たのでしょう？」

「うん」

「テランたちが見ずにすむように保護しないと」

ぼくはその言葉が気に食わなかった。そんなことが可能だとも思えなかった。「保護するんじゃない」と言った。「見せるべきだ。小さな子どものうちに、二回以上見せるべきなんだ。ガトイ、テランたちはうまくいった誕生を見ていない。見るものといえばン・トリクだけだ――苦痛と恐怖と、ときには死まで見てしまう」

彼女はぼくを見下ろした。「あれは私的なことだから。ずっと昔から、私的なことだった」

彼女の声音に、ぼくはそれ以上なにも言えなくなった。声音だけでなく、もし彼女が考えを変えれば、最初に公衆の面前に出されるのはぼくになるかもしれない、と納得したせいでもある。でも、彼女にその考えを植えつけておいた。もしかしたらそれは大きくなっていき、いつか彼女は試してみるかもしれない。

「もうそんな場面を見ることはない」と彼女は言った。「あなたには、私を撃とうなんて考えてほしくない」

彼女の卵とともに体に入ってきた少量の体液のおかげで、ぼくは無精卵を一個もらったときと同じくらいすっかり力が抜け、自分が両手に持っていたライフルや、恐怖や嫌悪、怒りや絶望といった感情を思い出すことができた。そうした感情を、蘇らせることなく思い出せたのだ。それについて話すことができた。

「あなたを撃つつもりはなかった」とぼくは言った。「あなたを撃つなんてありえない」父がぼくと同じ年齢だったとき、その体から彼女は取り出されたのだ。

「撃ったかもしれない」彼女はこだわった。

「あなたを撃つことはしない」彼女は自分の仲間たちとぼくたちのあいだに入り、ぼくたちを保護し、融合させてくれた。

「じゃあ、自分を殺したと思う？」

ぼくは気まずくなって、おずおずと動いた。「そうしたかもしれない。あと少しで、そうするところだった。逃げる、と兄さんが言っているのはそれだ。兄さんが知っているかどうかはともかく」

「なに？」

ぼくは答えなかった。

「いまは生きていく気でいるね」

「うん」彼女の面倒を見てあげてね、と母はよく言っていた。うん。

「私は健康だし、若い」と彼女は言った。「あなたをロマスのように置いてきぼりにはしない——独りぼっちのン・トリクにはしない。あなたの面倒を見てあげる」

あとがき

　驚くべきことに、「血を分けた子ども」が奴隷制の物語なのだと思う人もいた。それは違う。とはいえ、いろいろな要素はある。あるレベルでは、ふたりのまったく異なる生物のあいだのラブストーリーだ。べつのレベルでは成長の物語であり、少年は心乱される情報を受け止め、それをもって、一生を左右するような決断をせねばならない。

　三つ目のレベルでは、「血を分けた子ども」は私なりの男性妊娠物語だ。私はずっと、まずもってありえないと思われるその立場に男性が置かれたらどうなるのかを物語で展開してみたいと思っていた。男性が妊娠を選ぶことにするとして、ただしそれは女性にできることは自分にだってできるのだという見当違いの競争心からではなく、また強いられたからでも、好奇心からでもない——そんな物語を書けるだろうか？　私としては、男性が困難な状況にあらがって、同時に困難な状況のゆえに、愛のために妊娠を選ぶようなドラマチックな物語を書けるかどうか試してみたかった。

　加えて、「血を分けた子ども」は昔から抱えている恐怖心を和らげようとする試みでもあった。私は〈ゼノジェネシス〉三部作（『夜明け』、『成人期の儀式』、『イマーゴ』）の下調べのためにペルーのアマゾンに旅をすることになっていて、その地域に生息する昆虫に対してどんな反応をしてしまうだろうと心配していた。とくに心配だったのはヒフバエだ――そのころの私からすれば、ホラー映画のような習性をもつ虫だった。訪れることになっていたペルーの地域には、ヒフバエがたっぷりいるようだった。

ヒフバエはほかの昆虫がつけた咬み傷に卵を産みつける。自分の体のなかで蛆虫《うじむし》が生きていて大きくなり、私の肉を食べながら成長していくのかと思うと耐えられなかったし、その恐ろしさに、もしそれが自分の身に起きたらどうすればいいのかわからなかった。それに追い打ちをかけるように、耳にしたり読んだりした情報はどれも、ヒフバエに寄生されてもすぐに蛆虫を取り除くべきではないとアドバイスしていた――合衆国に戻って医師に診てもらうか、ハエが成長のサイクルにおいて幼生期を終え、宿主から這い出てきて飛び去るのを待つように、と。

問題は、蛆虫をつまみ出して捨てるという、いかにも当たり前に思える対処法では感染症を招いてしまうということだった。蛆虫は文字通り宿主にしがみついているため、つまみ出されたり、切り取られたりしても、体の一部が残ってしまう。案の定、残されたその部分は死んで腐り、感染症を引き起こす。ありがたい話だ。

ヒフバエのように動揺せずにはいられないものに出くわすと、私はそれについて書く。書くことで、自分にとってなにが問題なのかを整理する。一九六三年十一月二十二日の高校の教室では、ノートをつかんで、ジョン・F・ケネディ大統領暗殺の知らせに対する自分の気持ちを書きはじめた。日記を書きつけるにせよ、短編を書くにせよ、自分の問題を織り込んで長編小説にするにせよ、書くことはトラブルをくぐり抜けて生きていく助けになるのだ。「血を分けた子ども」を書いたからといってヒフバエが好きにはならなかったが、しばらくは、恐ろしいというよりも興味深い存在に思えた。

「血を分けた子ども」で試みたことがもうひとつある。家賃を払うことについての物語を書こうと思ったのだ。太陽系外の、人のいない世界で孤立した人間の植民地についての物語だ。どう見ても、その人間たちが生きているうちに援軍は来ない。その物語は、宇宙の大英帝国にも、〈スター・トレック〉にもならないだろう。遅かれ早かれ、その人間たちは自分の……宿主となんらかの調整をすることになる。おそらく、珍しいたぐいの調整になるだろう。人間が自分たちのものではない世界で生きていける空間を与え、それと引き換えになにをもらおうと他者が考えるか、誰にわかるだろう。

夕方と、朝と、夜と

わたしが十五歳で、食事に気をつけないことで自己主張をしていたときのことだ。両親に連れられて、デュリエ＝ゴード症の病棟に行った。気をつけていないとどういう未来が待っているのか見てほしい、と言われた。実際には、なにをしようが待っている未来がそれだった。いまか、もっとあとか、というタイミングの問題でしかなかった。あとになるだろう、というのが両親の賭けだった。

病棟がどんなところだったのか、それは言わないでおく。家に戻ると、わたしは両手首を切った。それを言えば十分だろう。お湯を張った浴槽で切るという、古代ローマ式の入念なやり方だった。あとちょっとのところだった。父は肩を脱臼しながらバスルームの扉を壊した。その日のことで、父もわたしも、お互いを許すことはなかった。

それから三年近くして、父は発症した。わたしが大学に通いはじめる直前の、突然のことだった。たいていは、そこまで唐突には起きない。たいていの人は症状が出はじめたと自分で気がつくか、家族が気がつくかして、選んでおいた施設に入る手続きをする。発症したと告知されても入所しようとしない人は収監され、一週間の経過観察になる。その観察期間で崩壊してしまう家族もあるはずだ。誰かを遠ざけてみたら、ただの思い違いだったとわかるのだから……。その手のことで犠牲者になれば、そう簡単に許したり忘れたりはできないと思う。そうは言っても、前触れを見逃すか、前触れなくいきなり発症してしまうかして、誰かを前もって遠ざけておかなかったとなると、発症した人にとってはどうしても危険なことになる。でも、わたしの家族ほどむごいケースは聞いたことがない。そのときがきても、人はたいていは自分を傷つけるだけだ——誰かが愚かにも、しかるべき薬も拘束具もないのに押さえつけようとしないかぎりは。

わたしの父は母を殺し、それから自分の命を絶った。そのとき、わたしは家にはいなかった。いつもより遅くまで学校に残って、卒業式のリハーサルをしていた。家に帰ってみると警官だらけだった。救急車が一台停まっていて、看護師が二人、キャスター付きの担架に誰かを乗せて運び出してくるところだった。布をかけられた誰かを。布をかけられているというより……袋に入れられているも同然だった。

警官たちはわたしを家には入れてくれなかった。なにが起きたのか、あとになってようやく知った。知らないほうがよかったと思う。父は母を殺し、皮膚をすべて剝がしたのだ。少なくとも、そうであってほしいとわたしは思う。つまり、剝がす前に母を殺したのだと思いたい。父は母の肋骨を何本か折り、心臓を傷つけた。えぐり出していた。

それから、父は自分の体を引きちぎり、皮膚を引き裂いて骨まで体をえぐった。自分の心臓に手が達して、そのあと死んだ。周囲がわたしたち患者を怖れるようになる、最悪の例だった。そのせいで、わたしたちはニキビをつまんだり、夢想しているだけでも厄介事に巻き込まれてしまう。そのせいで規制の法律ができて、仕事や住居や学校の問題も生じてしまった……。デュリエ＝ゴード症基金は何百万ドルも投じて、わたしの父のような人は存在しないのだと世界に訴えてきたのに。

かなり時間はかかったけど、わたしはどうにか気持ちを立て直して、大学に行った。南カリフォルニア大学に入るにあたっては、ディルグ奨学金をもらえた。ディルグは、手に負えなくなったデュリエ＝ゴード症患者を受け入れてくれる保養所のことだ。わたしのような、生きていたときの両親のような、症状の出ていないデュリエ＝ゴード症患者たちによって運営されている。症状の出ていない患者たちがどうやってそこで耐えているのかは全然わからない。とにかく、入所待ちリストは何キロメートルにもわたる長さになっている。わたしが自殺しようとしたあと、両親もわたしの名前をそこに登録したけど、生きているうちに順番がくることはおそらくないだろう。

どうして大学に行ったのか、自分でもよくわからない。それまでもずっと学校に通っていたし、ほかになにをすればいいのかもわからなかった、という程度のことだと思う。とくになにかを期待していたわけではない。自分が最後にどうなるのかはちゃんとわかっていたわけだし。わたしは時間を稼いでいただけだ。やることはすべて、時間稼ぎだった。学校に行って時間を稼ぐことにお金を出してもらえるのなら、悪くない話だ。

不思議なことに、わたしは一生懸命勉強し、トップクラスの成績を取った。さして意味のないことにしっかりと取り組んでいれば、意味のあることをしばらく忘れられる。

また自殺を試みようかと考えることもあった。十五歳のときはやる勇気があったのに、いまはないとはどういうことなのだろう。両親はデュリエ＝ゴード症だった。二人とも信心深く、自殺と同じくらい人工妊娠中絶にも反対していた。そこで二人は、神と現代医学を信頼し、子どもをひとり作った。でも、親がどうなったのかを見て、なにかを信頼できるだろうか。

わたしは生物学を専攻した。デュリエ＝ゴード症でない人たちは、わたしたちが理系分野が得意なのは病気のなにかのおかげだと言う。遺伝学、分子生物学、生物化学……。その「病気のなにか」とは、恐怖のことだ。恐怖と、人を突き動かすたぐいの絶望感。わたしたちのなかには、悪人になり、発症してしまう前に暴力的になる人もいた――そう、それなりの数の犯罪者が生まれてはいた。その一方で、目を見張るような善人になり、科学や医学の歴史に名を残す人もいた。後者の人たちのおかげで、残りのわたしたちには扉が閉ざされずにいた。遺伝学での発見とか、稀な病気の治療法の発見とか、それほど稀ではない病気に関する進歩なども成し遂げた――皮肉なことに、数種類のがんに関する発見もあった。でも、自分たちの治療の助けになるようなことはなにも見つけられなかった。最後になにがしかの進歩があったのは食事に関することだったし、それはわたしが生まれる少し前だった。独自の食事という進歩によって、子どもを作ろうという勇気を出したデュリエ＝ゴード症患者が増えた。糖尿病患者にとってのインスリンのような効果が、デュリエ＝ゴード症患者にもあるものと期待されたのだ。わたしたちは正常な寿命か、正常に近い寿命をまっとうできるはずだった。どこかには、その恩恵を受けた人がいるのかもしれない。わたしの知る範囲にはそんな人はいなかった。

生物学部での苦労はそれまでと変わらなかった。わたしはもう人前では食事をしなかった。食べているビスケットをじろじろ見られるのがいやだった――どの学校でも「犬用ビスケット」というセンスある呼び名がつけられていた。大学生ともなれば、もっと独創性があると思っても、その期待は外れる。わたしの印を見ると、みんなが少しずつ遠ざかっていくのも嫌だった。印にチェーンをつけて首にかけ、ブラウスの下に隠れるようにしてみたが、どうしたって人には見つかってしまう。人前で食事をせず、水以外にさしたるものも飲まず、タバコはまったく吸わない――そういう人は怪しい。というより、まわりから怪しまれる。遅かれ早かれ、まわりの誰かが、わたしが手首や指になにもつけていないのに気がついて、チェーンに興味があるふりをしてくる。それで終わりだ。印をハンドバッグに隠すわけにはいかない。なにかあれば、正常な人に与えるような薬を医療関係者がわたしに投与する前に、その印を見てもらわねばならない。わたしたちが避けねばならないのは、普通の食べ物だけではなく、『医学全書』で広く使われている薬の四分の一にも及ぶのだ。折にふれて、自分の印を持ち歩くのをやめた人についてのニュースが流れてくる――おそらくは、正常な人のふりをして生活するために。そして事故に遭う。なにかがおかしい、と誰かが気がつくころには、もう手遅れになっている。なので、わたしはちゃんと身に着けている。すると、なんらかの形で人はそれを目にするか、目にした人から話を聞く。「あの子、あれなんだって」そのとおり。

三年生がはじまるとき、四人のデュリエ＝ゴード症の学生と一緒に一軒家を借りることにした。みんな、四六時中まわりから避けられることにうんざりしていた。英文学専攻の男子学生がいた。彼は作家になって、当事者自身による物語を語ろうと考えていた――それまでは三、四十回しか試みられていないことだ。特別支援教育専攻の女子学生は、体に不自由のない人々がだめでも障がいのある人々には受け入れてもらえるのでは、と期待していた。ほかには研究者志望の医学進学課程の男子学生、そして、将来の志望がまだ決まっていない化学専攻の女子学生がいた。

　男子が二人、女子が三人。共通点といえば、この病気と、たまたま自分が学んでいることへの執着とそれ以外への絶望まじりの冷笑的な態度という妙な取り合わせだった。デュリエ＝ゴード症患者の集中力には誰も太刀打ちできない、と健康体の人たちは言う。健康な人たちは、つまらない一般化をしたり、ぶつ切りの集中力で過ごしたりする時間がいくらでもある。

　わたしたちは課題に取り組み、ときおり息継ぎをして、ビスケットを食べ、授業に出た。問題はひとつだけ、家の掃除だった。誰が、いつ、なにを掃除するのか、庭の手入れは誰の担当なのかといった分担表を組んだ。みんなそれに同意した。そのあと、わたし以外はみんなその分担を忘れてしまったようだった。気がつけば、わたしがあちこち回って、掃除機をかける番だよとか、バスルームの掃除の日だよ、芝刈りが当たってるよ、と言って歩いた……。あっというまに嫌われ者になるだろうけど、わたしはみんなの家政婦になるつもりも、汚い家で生活する気もなかった。誰も文句を言わなかった。苛立ってもいないようだった。勉強のせいで朦《もう》朧《ろう》とした状態から抜け出ると、掃除機をかけ、モップで拭き、芝を刈り、そして勉強に戻っていった。わたしは日が落ちると走り回って、仕事を思い出してもらうのが習慣になった。それがみんなの癪《しゃく》に障るかどうかなんて気にしてはいられなかった。

「なんだって寮母役をやってるわけ？」と、泊まりにきたデュリエ＝ゴード症仲間は言った。

　わたしは肩をすくめた。「なんだってよくない？　家はうまく回ってるんだし」実際、うまく回っていた。ほんとうにうまく回っていたから、その新しく知り合った男子は入居したいと言った。ほかの誰かの友達で、やはり医学進学課程だった。けっこうハンサムだった。

「で、ぼくは入居できるの？　どうなの？」と彼は訊ねた。

「わたしが決めていいなら、もう入居決定」とわたしは言った。そして友達のかわりにその男子を紹介して回って、彼が帰ると、みんなと話をして反対の声がないことを確かめた。彼はぴったりに思えた。ほかのみんなと同じように、トイレ掃除や庭の芝刈りを忘れた。アラン・チーという人だった。チーは中国系の名前だろうかと思い、わたしは不思議に思った。でも彼が言うには、父親がナイジェリア人で、イボ語で「チー」というのはある種の守護天使か、個人的な神のことなんだそうだ。デュリエ＝ゴード症の両親から生まれてきたわけだから、個人的な神はちゃんと気をつけてくれてなかったんだな、とアランは言った。アランも両親がともにデュリエ＝ゴード症だった。

　最初に惹かれ合ったのは、その共通点があったせいだとは思う。たしかに、アランの見た目は好みだったけど、誰かの見た目が好きだなと思って、その人がわたしの正体を知ると死物狂いで逃げていくのには慣れっこになっていた。アランがどこにも逃げていかないのだということにはなかなか慣れなかった。

　十五歳のときにデュリエ＝ゴード病棟に行ったときのことをアランに話した——そのあと自殺しようとしたことも。人に話すのは初めてだった。彼に話すと、意外にもずいぶんと気が楽になった。どうしてか、彼の反応は意外ではなかった。

「どうして一回しかやらなかったの」とアランは訊ねた。居間でふたりきりのときだった。

「最初は、親がいたから」とわたしは言った。「とくに父さん。父さんにまたあんな仕打ちはできなかった」

「そのあとは？」

「怖かったのと、あと惰性」

アランは頷いた。「ぼくがやるときは、中途半端なことはしない。助け出されたり、あとで病院で目を覚ましたりなんてことはしないよ」

「やるつもりなの？」

「症状が出はじめた、と気がついた日にね。ありがたいことに、ぼくらには前触れがある」

「あるとは限らないけど」

「いや、あるよ。いろいろ調べてみた。二人くらい医師とも話してみた。デュリエ＝ゴード症じゃない連中がでっち上げた噂を信じちゃいけない」

わたしは顔を背《そむ》け、引っかき傷だらけで空っぽの暖炉を見つめた。父がどうやって死んだのか、アランに話した——それも、自分から人には一度も話さなかったことだ。

アランはため息をついた。「それはひどい」

わたしたちは見つめ合った。

「きみはどうするの？」とアランは訊いてきた。

「わからない」

アランが角張った黒い手を差し出したから、わたしはそれを握って、少し近寄った。彼は角張った、肌の黒い男だった——わたしと同じくらいの身長、体重は一・五倍で、脂肪はまったくない。ときどき、あまりに苦々しくなるので怖かった。

「ぼくが三歳のとき、母さんの症状が出はじめた」とアランは言った。「それからほんの二、三か月で、父さんも同じことになった。父さんは入院してから二年して死んだって聞いた。もし二人にちょっとでもまともな頭があれば、母さんが妊娠したとわかったときにすぐに中絶しただろう。でも、母さんはなにがなんでも子どもを産みたがった。カトリック信徒だったしね」アランは首を横に振った。「ほんとにさ、ぼくらにまとめて不妊手術をする法律をあいつらが通してくれたらいいのに」

「あいつら?」わたしは言った。

「きみは子どもがほしい?」

「ほしくはないけど――」

「ぼくらみたいなのがもっとできて、どこかのデュリエ＝ゴード病棟で自分の指を嚙みちぎることになるんだ」

「子どもはほしくはないけど、子どもを持ってはならないと他人に言われたくはないかな」

アランにまじまじ見つめられると、自分がばかになったようで、防戦一方の気分になった。

わたしは少し体を離した。

「自分の体をどうするべきか、他人からあれこれ言われたいと思う?」とわたしは訊ねた。

「そんな必要はないね」とアランは言った。「それなりの年齢になったときにすぐ、処置をしてもらった」

今度は、わたしがまじまじ見つめる番だった。不妊手術について考えたことはあった。デュリエ＝ゴード症の患者なら、誰でも考えたことはあるだろう。でも、同年代で実際に手術を受けた人に会うのは初めてだった。自分の一部を殺すようなものだろう――その部分を使うつもりがなかったとしても。自分の大半はすでに死んでしまっているも同然なのに、あえて一部を殺すのだ。

「このどうしようもない病は一世代で消し去ることができる」とアランは言った。「なのに、生殖となると人はまだ動物のままだ。犬とか猫みたいに、なにも考えずに欲望に流されてる」

もうその場から立ち去って、アランにはひとりで苦々しく憂鬱《ゆううつ》な気分を噛み締めてもらおうか、とも思った。でも、わたしは残った。アランはわたしに輪をかけて、生きることへの執着がなさそうだった。どうやって、これまで生きてきたのだろう。

「研究をするのは楽しみ？」とわたしは探りを入れてみた。「もしかしたらなにか——」

「ないね」

わたしはまばたきをした。そのひと言は、とびきり冷たくて生気のない響きだった。

「なにも信じてない」とアランは言った。

わたしはアランをベッドに連れていった。自分以外で、親が両方ともデュリエ＝ゴード症だという人に出会ったのは初めてだった。誰かがなにかしてあげなければ、アランはあまり長くは生きていけそうにない。消えていくままにするなんてできなかった。お互いの存在を支えにすれば、しばらくは生きていけるかもしれない。

アランは優秀な学生だった。理由はわたしと同じだ。そして、時が経つにつれて苦々しさの角も少し取れてきたように思えた。アランと一緒にいると、正気の沙汰ではないのにデュリエ＝ゴード症の二人がお互いから離れられなくなり、結婚の話をしはじめるのがなぜなのかがわかった。ほかに誰が、わたしたちを受け入れてくれるだろう。

とにかく、わたしたちはさして長くは生きられない。最近では、デュリエ＝ゴード症患者の大半は四十歳までは生き延びるようになった。でも、その大半は、片親だけがデュリエ＝ゴード症だ。アランは頭がよかったけど、二重に受け継いだもののせいで、医学部には入学できないかもしれない。もちろん、遺伝子の筋が悪いからだめだなんて誰も言いはしないけど、アランにチャンスがあまりないことは二人ともわかっていた。学んだことを実践できる年齢まで生きていられる医者を育成するほうがいいに決まっている。

アランの母親はディルグに送られていた。実家にいたときのアランは、母親に会うことも、どんな様子なのかを祖父母から教えてもらうこともなかった。大学に通いはじめるころには、知ろうともしなくなっていた。なのにまた知ろうとしはじめたのは、わたしの両親について聞いたせいかもしれない。アランがディルグに電話をかけたとき、わたしはそばにいた。そのときまで、母親が生きているのかどうかもアランは知らなかった。意外にも、まだ生きていた。

「ディルグはきっといいところなんだね」アランが電話を切ると、わたしは言った。「だって、みんなたいていは、ほら……」

「だね、わかるよ」とアランは言った。「たいてい、症状が出てしまったら大して長くは生きられない。でもディルグは違う」二人でわたしの部屋に入って、アランは背もたれを前にして椅子に座った。「文献にあるとおりなら、ほかの場所もディルグをお手本にすべきだ」

「ディルグは巨大なデュリエ＝ゴード病棟でしょ」とわたしは言った。「ほかよりも資金が豊富で――寄付集めがうまいからかな――それに、いつかは自分たちも発症するんだろうと思う人たちが運営してる。それ以外でなにか違うところはある？」

「どこかで読んだことがある」とアランは言った。「きみも読んだらいい。新しい治療法があるんだって。ほかとは違って、患者を閉じ込めて死なせるだけじゃない」

「その人たちには、つまりわたしたちには、ほかになにかしようがある？」

「どうだろうな。どうやら、ディルグには……保護された作業場がある感じだった。患者にいろんなことをさせるんだ」

「自傷行為を抑える新しい薬とかは？」

「それはないと思う。あれば、ぼくらの耳にも入っているはずだ」

「ほかにありえることは？」

「突き止めてみよう。一緒に来てくれる？」

「お母さんに会いに行くのね」

アランは震えがちに息を吸い込んだ。「そうだよ。一緒に来てくれる？」

わたしは窓際に行って、外の雑草を見つめた。裏庭の草は伸び放題にしていた。正面の庭の草は刈っていたし、ところどころにある芝生も手入れしていた。

「わたしがデュリエ＝ゴード病棟に行ったときの話はしたよね」

「もう十五歳じゃないだろ。それに、ディルグの病棟は動物園みたいなところじゃない」

「表向きはどう言っていたとしても、きっと動物園だよ。それに耐えられるかどうか、自信がない」

アランは立ち上がり、わたしのそばに来た。「やってみてくれる？」

わたしはなにも言わなかった。窓ガラスに映る自分たちの姿を見つめていた。一緒にいる、二人の姿。あるべき姿だったし、こうあるべきだとも思えた。アランが体に片腕を回してきたから、わたしは彼によりかかった。一緒にいられてうれしかったし、アランもうれしく思っているようだった。惰性と恐怖のほかにも、生きる力をもらえていた。わたしはアランと一緒に行くだろう。それはわかっていた。行くべきだとも思った。

「向こうに着いたら、自分がなにをしでかすかわからない」とわたしは言った。

「ぼくも自分がなにをしでかすかはわからない」とアランも認めた。「とくに……母さんに会ったときに」

アランは次の日曜日の午後に予約を入れた。政府の監察官でもないかぎり、ディルグは訪問者の予約を必須にしていたし、それを認められていた。

日曜日の朝早く、雨のなか、わたしたちはロサンゼルスを出発した。海岸沿いに車を走らせると、サンタバーバラまで、雨は降ったりやんだりしていた。サンノゼからほど近い丘陵地帯に、ディルグはひっそりと建っていた。州間高速道路五号線で行けばもっと早く着いたけど、わたしたち二人とも、あの道路の侘しさを味わいたい気分ではなかった。結局、午後一時に到着すると、銃を持った門衛が二人いた。ひとりが中央棟に電話をして、わたしたちの予約があるかを確認した。それから、もうひとりがアランに代わってハンドルを握った。

「すみませんが」と、その門衛は言った。「付き添いなしで施設内に入ることは許可されていません。案内の者とガレージで会うことになります」

べつに意外ではなかった。ディルグの患者だけでなく、かなりの数の職員もデュリエ＝ゴード症だった。最重警備の刑務所でさえも、それほどの危険を抱えてはいないだろう。一方で、この施設で誰かが自分の体を嚙みちぎったという話は一度も聞いていなかった。病院や療養所では、事故はつきものだ。ディルグはそうではなかった。きれいな施設だった——由緒ある屋敷だ。最近のように税金の高い時代には保有しておく意味のない屋敷。かつては、ディルグ家が持っていた。石油、化学製品、製薬。皮肉なことに、一家は消滅が惜しまれることのないヘデオン研究所の一部も所有していた。ヘデオンコに投資して、つかのまの利益を得ていたのだ。そして、ヘデオンコは、かなりの割合の世界のがんと、多くのウィルス性の病気への特効薬だった——デュリエ゠ゴード症の原因でもあった。もし、親のどちらかがヘデオンコによる治療を受けていたら、治療後にできた子どもはデュリエ゠ゴード症になる。そして、その子どもがさらに子どもを作ったら、病は受け継がれる。誰もが等しく影響を受けたわけではない。誰もが自殺したり殺人を犯したりしたわけではないけど、誰もが可能な範囲で自分の体をある程度傷つけた。そして、誰もが発症してしまう——自分だけの世界に入ってしまい、周囲に反応しなくなる。

とにかく、ディルグ家の当主であるひとり息子は、ヘデオンコのおかげで命を救われていた。その子どものうち四人が死ぬ姿を目の当たりにしたところで、ケネス・デュリエ博士とジャン・ゴード博士が問題のありかを突き止め、不十分ではあるが食事という解決法を見出した。そのおかげで、リチャード・ディルグの残り二人の子どもは生きながらえた。広大で手に余る屋敷を、ディルグはデュリエ゠ゴード症患者たちの手に引き渡した。

そんなわけで、中央棟はきれいな造りの古い邸宅だった。新しい建物もいくつかあったけど、施設というよりは来客の宿泊用といった感じだった。あたりには森に覆われた丘が広がっていた。緑豊かで、素敵な自然。海までもそう遠くはない。古いガレージと、小さな駐車場があった。背の高い年配の女の人が、駐車場で待っていた。車を運転する門衛はその女のそばで車を停めて、わたしたちを下ろすと、半分しか埋まっていないガレージに車を入れた。

「こんにちは」と女は言って、片手を差し出した。「ベアトリス・アルカンタラです」手はひんやりして乾いていて、驚くほど力強かった。この人もデュリエ＝ゴード症患者だとわたしは思い、その年齢に絶句した。六十歳くらいに見えた。そこまで歳を重ねたデュリエ＝ゴード症患者に会うのは初めてだった。どうして患者だと思ったのか、そのときにはよくわからなかった。患者だとしたら、最初に長く生き延びた実験的なお手本だろう。

「博士とお呼びしたらいいですか？　それとも先生ですか？」アランは訊いた。

「ベアトリスと呼んでくれたら」と彼女は言った。「医者ですが、ここでは肩書はあまり使いませんから」

アランをちらりと見ると、意外にもベアトリスに微笑みかけていた。いつもはなかなか笑顔を見せない人なのに。お互いに自己紹介をしたところで、わたしは気がついた。ベアトリスのことが好きではない。理由がわからなかったけど、そう感じたのだから仕方がない。わたしはベアトリスが好きになれなかった。

「二人とも、ここは初めてですよね」長身のベアトリスはわたしたちに微笑みかけながら言った。少なくとも一八〇センチはあって、背筋はしゃんとしていた。

わたしたちは頷いた。「じゃあ、正面から入りましょうか。ここがどういうところなのか、しっかり案内しておきたいから。病院に来たのだとは思ってほしくありませんからね」

わたしはベアトリスに眉をひそめた。病院ではないとしたらなんなのか。ディルグは「保養所」だけど、呼び名が違うからといってなにが違うのだろうか。

近くから見ると、邸宅は古い様式の公共施設のようだった——巨大で、正面はバロック風、三階建ての家の上には塔のついたドームがさらに三階分そびえている。その塔の左右には家の両翼が延び、曲がってさらに長く奥に延びていた。正面扉はどれも大きかった。錬鉄の扉と、重い木の扉が対になってひとつずつあった。どちらも、鍵がかかっているようには見えなかった。ベアトリスは鉄の扉を引き、木の扉は押して開け、わたしたちを招き入れた。

入ってみると、邸宅は美術館になっていた。広々として、天井が高く、床はタイル張りだった。大理石の柱や壁龕《へきがん》があり、彫像が置いてあったり絵がかかっていたりした。部屋のあちこちには、ほかにも彫像が展示されていた。部屋が並ぶ奥には幅の広い階段があり、そこを上がっていくと、部屋をぐるりと囲む回廊に続いていた。そこにも多くの美術品が飾られていた。

「すべて、ここで作られたものです」とベアトリスは言った。「買い取られていくものもあります。たいていはベイエリアか、ロサンゼルス周辺に。問題は私たちが作りすぎていることだけですね」

「ということは、患者たちがこれを？」とわたしは訊いた。

ベアトリスは頷いた。「ここだけでなく、もっとあります。ここの人たちは、自分の体を引きちぎったり宙をぼんやり見つめるのではなく、仕事をしています。ひとりは、ここの施設を守るＰＶ錠を発明しました。発明しないほうがよかったかもしれない、と思ってしまいますが。

おかげで、思いもかけず政府に注目されることになってしまったから」

「どんな錠前なんですか」とわたしは訊いた。

「そうでしたね。掌紋《P》声紋《V》式です。史上初で、史上最高の出来ですよ。私たちが特許を持っています」ベアトリスはアランを見た。「お母さんがどんな仕事をしているのか、ご覧になりますか？」

「ちょっと待った」とアランは言った。「つまり、もう症状が出てしまったデュリエ＝ゴード症患者が、芸術作品を作ったり発明をしたりしていると？」

「それに、その錠」とわたしは言った。「そんな錠のことは初めて聞きました。錠前なんて見かけなかったのに」

「新しい発明です」とベアトリスは言った。「いくつかニュースにも出ました。普通の人が自宅用に買うようなものではありません。値段が高すぎますから。なので、興味を持つ人は限られます。ディルグで行われていることには、頭のおかしい学者に対するような目が向けられる。興味をそそられるし、理解不能だが、現実的な意義はさしてないものとして。その錠に興味があって買えそうな人たちには知られています」ベアトリスは深く息を吸って、またアランのほうを向いた。「そのとおり、デュリエ＝ゴード症患者はいろいろなものを作ります。少なくとも、ここでは」

「もう症状を抑えられない患者たちが？」

「そうです」

「せいぜいが、かごを編んでいるとか、その程度だと思っていた。デュリエ＝ゴード病棟がどんなところかは知っているから」

「私も知っています」ベアトリスは言った。「病院ではどんな様子になるか、そしてここではどんな様子になるか」片手を振って示した先にある抽象画は、前に見たオリオン大星雲の写真のようだった。暗闇が、光と色のある大きな雲によって破られている。「ここでは、患者たちのエネルギーをいい方向に向けることができます。美しいもの、役に立つもの、価値のないものまで作り出せる。ともかくも、作っています。破壊するのではなく」

「どうやって」とアランは訊ねた。「薬が効いているわけがない。それなら、ぼくらの耳にも入るはずだ」

「薬ではありません」

「じゃあ、なんなんです？　どうしてほかの病院では――」

「アラン」ベアトリスは言った。「焦らないで」

アランは彼女に向かって眉をひそめて立っていた。

「お母さんに会いたいですか？」

「もちろん」

「よかった。じゃあついてきて。それで自然とわかってくるでしょう」

ベアトリスについて、廊下を進むと、通りかかる事務室ではどこも、人々がお互いに話をしたり、彼女に手を振ったり、パソコンで仕事をしたりしている……。外の世界にいてもおかしくないような人たちだ。そのうちの何人が、症状を抑えたデュリエ＝ゴード症患者なのだろう。それに、この年配の女はなにを秘密にして遊んでいるのだろう。わたしたちが通りかかった部屋はどれも美しく、完璧に手入れされていて、ほとんど使われていないのは明らかだった。そして、幅があって重そうな扉の前で、ベアトリスは足を止めた。

「歩きながら、なんでも見てもらってかまいません」とベアトリスは言った。「でも、物にも人にも触れないこと。それから、これから目にする人たちのなかには、私たちのところに来る前に自分を傷つけてしまった人たちもいることを肝に銘じておくこと。そうした人たちの体には、まだ傷痕が残っています。なかには正視できないような傷痕もありますが、あなたたちに危険はありません。それはしっかり覚えておいて。ここの誰も、あなたたちを傷つけはしません」ベアトリスは扉を押して開け、わたしたちを手招きした。

傷痕はさして気にならなかった。障がいも気にならなかった。怖かったのは、自傷という行為だ。ある女が、まるで野生動物だといわんばかりに自分の腕に襲いかかる。ある男は自分の体を引きちぎって、かなり長く拘束されていたり、折々に薬を投与されるせいで、もはや人間らしい特徴はほとんど残っていないのに、それでもどうにかして自分の体をえぐろうとする。そうした姿を、十五歳のときにデュリエ＝ゴード病棟で見てしまった。そのときですら、自分は時の鏡を覗き込んでいるのだという思いがなければ、もっとうまく耐えられただろう。

気がつけば、扉を抜けていた。そこを通れるなどとは思いもしなかった。でも、ベアトリスがなにかを言い、気がつけばわたしは抜けていて、後ろで扉が閉じられようとしていた。わたしは振り返って、ベアトリスを睨んだ。

ベアトリスはわたしの腕に手を置いた。「大丈夫」と静かに言った。「その扉が壁のように思えるという人はたくさんいます」

触られたのが嫌で、わたしはベアトリスの手の届かないところにあとずさった。握手するだけでも大変だったのだから。

わたしを見つめるベアトリスの心のなかで、なにかのアンテナが起動したようだった。さらに背筋がまっすぐになった。わざと、でも一見して理由もなく、ベアトリスはアランのほうに歩み寄ると、人のそばをかすめていくときに「すみません」と相手に触れるように彼の腕に触れた。廊下は広くて人もいなかったから、そんなことをする必要はまったくなかった。どういうわけかアランに触って、それをわたしに見せようとしたのだ。どういうつもりなのだろう。この歳でいちゃついているのか。わたしは睨みつけ、アランのそばにいるベアトリスを突き飛ばしてやりたいというばかげた思いを抑えていた。その衝動の激しさに、自分でも驚いた。

ベアトリスは微笑み、顔を背けた。「こちらへ」と言った。アランはわたしの体に片腕を回して、そこに向かわせようとした。

「ちょっと待って」とわたしは言い、動かなかった。

ベアトリスはちらりと振り向いた。

「いまのはどういうこと？」わたしは訊いた。ベアトリスが嘘をつくものと思っていた。なんでもありませんと言うとか、なんの話かわからないふりをするとか。

「医学を勉強するつもりは？」とベアトリスは訊いてきた。

「なんですって？　それとなんの関係が――？」

「医学を勉強なさい。あなたは大いに人の役に立てるかもしれない」ベアトリスが大股でさっさと歩いていったので、わたしたちは急ぎ足になってついていった。ベアトリスについて通り抜けた部屋では、パソコンの端末で作業をしている人もいれば、紙と鉛筆で作業している人もいた。それだけを見れば、ごく普通の光景だったけど、何人かは顔の半分がめちゃくちゃになっていたり、片手や片脚がなくなっていたりといった、はっきりとした傷痕があった。でも、みんなもう症状を抑えて仕事をしている。集中しているけど、自分を壊す以外のことに集中している。誰も体をえぐったり、ちぎったりしていない。その部屋を抜けて、装飾のついた小さな応接間に入ると、アランはベアトリスの腕をつかんだ。

「どういうことです？」アランは強い口調だった。「あの人たちになにをしてあげてるんです？」

ベアトリスがアランの手を撫でたので、わたしはすごくいらいらした。「話してあげます」と彼女は言った。「知っておいてほしいから。でも、まずはお母さんに会ってほしい」驚いたことに、アランは頷き、それ以上は食い下がらなかった。

「少し座りましょう」とベアトリスはわたしたちに言った。

わたしたちはお揃いの、布張りしてあって座り心地のよさそうな椅子に腰を下ろした。アランはかなりくつろいでいる様子だった。彼はくつろいでいるのにわたしは気が立ってしまうとは、この年配の女にはなにがあるのだろう。アランの祖母にどこか似ているとか、そんなところかもしれない。わたしには誰かに似ているようには思えなかった。それに、医学の勉強がどうとかいう、あの意味不明なひと言はなんだったのか。

「少なくとも、作業室をひとつは通ってから、お母さんの話をしたいと思っていました――それから、あなたたち二人の話も」ベアトリスはわたしのほうを向いた。「病院か療養所で、嫌な思いをしたことは？」

わたしは目をそらした。そのことを考えたくはなかった。あの事務室もどきにいた人たちで、思い出すには十分だったのだから。ホラー映画のような事務室。悪夢の事務室。

「大丈夫ですよ」とベアトリスは言った。「詳しく話してくれなくても。大まかに話してみて」

話したくはなかったが、言われるままゆっくりと話した。そのあいだもずっと、どうして自分は言われるままにしているのかと不思議だった。

ベアトリスは頷いた。驚いてはいなかった。「厳格で、愛情あるご両親ですね。まだご健在かしら」

「いいえ」

「二人とも、デュリエ＝ゴード症でしたか？」

「はい、でも……そうです」

「病院ではもちろん悲惨なものと、なんとなくあなた自身の将来も見えたでしょう。ほかに、その病棟にいた人たちについて印象に残っていることは？」

なんと答えればいいのか、わたしにはわからなかった。この女はなにを求めているのか。なぜ、わたしになにかを求めるのか。アランと母親のことを話すべきなのに。

「拘束されていない人を見かけましたか？」

「見ました」とわたしは小声で言った。「女の人がひとり。どういう経緯で自由の身だったのかはわかりません。わたしたちのところに駆け寄ってきて、父にぶつかりましたが、父は動きませんでした。父は大柄だったので、その女の人は跳ね返されて、転んで、それから……自分の体を引きちぎろうとしました。自分の腕に噛みついて、それから……噛みちぎった肉をのみ込んだ。できた傷口を、もう片方の手の爪で引き裂いた。その人は……。やめて、とわたしはその人に叫びました」わたしは自分の体に両腕を回した。その若い女が血まみれになり、わたしたちの足元に倒れ、自分を食べながら、自分の肉をえぐっている姿を思い出した。えぐっていた。「みんな、必死で、出ようとしていた」

「出るって、なにから出るんだ？」アランが鋭い声で訊いてきた。

わたしはアランを見つめた。彼の姿がほとんど見えなかった。

「リン」彼は優しい口調になった。「出るって、なにから？」

わたしは首を横に振った。「拘束から、病気から、病棟から、自分の体から……」

アランはちらりとベアトリスを見て、またわたしに話しかけた。「その女の子はしゃべった？」

「いいえ。金切り声を上げていた」

アランは気まずそうにわたしから顔を背けた。「これって大事なことですか？」とベアトリスに訊いた。

「とても大事です」とベアトリスは言った。

「じゃあ……母さんに会ったあとで話しても？」

「会ったあとも、いまも話しましょう」ベアトリスはわたしに話しかけた。「やめて、とあなたに言われて、その子はやめましたか？」

「すぐに看護師たちに捕まりました。どうでもいいことです」

「どうでもよくはありません。その子はやめましたか？」

「やめました」

「研究によれば、患者はまずもって誰にも反応しない」とアランは言った。「でも、おそらくお母さんはあなたに反応します」

「そのとおり」ベアトリスはアランに悲しげな笑顔を向けた。

「すると母さんは……？」アランは悪夢の事務室のほうをちらりと振り返った。「あの人たちみたいに、症状が抑えられていると？」

「そうです。ただし、ずっと抑えられているわけではなかった。いまは粘土で作業をしています。形や手触りなんかが好きで――」

「目が見えてないんだ」と言うアランの声は、そんなはずがないと思っているかのようだった。ベアトリスの言葉を聞いて、わたしも同じように思った。ベアトリスはためらった。「そうです」と、しばらくしてから言った。「それは……おなじみの理由で。あなたには心の準備をゆっくりしてもらおうと思っていました」

「ぼくもいろいろ勉強してきたんです」

わたしはさして勉強してきてはいなかったけど、おなじみの理由というのがなんなのかは知っていた。アランの母親は、えぐり取るかちぎるかして、自分の目を潰したのだ。ひどい傷痕になっているだろう。わたしは立ち上がり、アランのそばに行って椅子の肘掛けに腰掛けた。片手を彼の肩に置くと、アランは手を上げてわたしの手を握った。

「もう会えますか？」とアランは訊いた。

ベアトリスは立ち上がった。「こちらへ」と言った。

また、いくつかの作業室のそばを通っていった。絵を描いている人たちがいた。機械を組み立てている。木や石で彫刻をしている。作曲したり演奏したりしている人たちまでいた。ほとんど誰も、わたしたちには気がつかなかった。患者たちはその点では病気の典型例だった。わたしたちを無視していたわけではない。明らかに、わたしたちがいることをわかっていなかった。症状を抑えられているデュリエ＝ゴード症の警備員が数人、ベアトリスに手を振るか話しかけるかするだけだった。女の人が、慣れた素早い手つきで電動のこぎりを使っているところを、わたしは見つめた。明らかにその人は自分の体の境界をわかっていて、えぐって脱出しなければならないなにかに囚われていると思うほど分離してはいなかった。ほかの病院にはできないどんなことを、ディルグではしているのだろう。そして、どうしてその治療法をほかの病院には教えていないのだろう。

「あそこでは、自分たちで食事を作っています」とベアトリスは言い、窓越しに見える来客用の家のひとつを指した。「商業的なメーカーの製品よりも種類が多く、ミスは少ない。正常な人は誰も、ここにいる人たちのようには集中できませんから」

わたしはベアトリスのほうに向き直った。「どういうこと？　偏見は正しいということですか？　わたしたちには特別な才能があると？」

「そうです」とベアトリスは言った。「それは悪い特徴などではないでしょう？」

「わたしたちの誰かがなにか成し遂げるたびに、みんなはそう言ってくる。そう言うことで、わたしたちの功績を否定する」

「そう。でも、人は間違った根拠から正しい結論にいたるときもあります」そう言われて、わたしは肩をすくめた。その点でベアトリスと言い争うつもりはなかった。

「アラン」ベアトリスは言った。アランは彼女を見た。

「お母さんは次の部屋にいます」

アランはごくりと唾をのみ込んで、頷いた。わたしたちはベアトリスについて、その部屋に入った。

ナオミ・チーは小柄な女性だった。髪はまだ黒く、指はほっそりしていて、優雅な動きで粘土を形作っていた。顔はひどい有り様だった。両目だけでなく、鼻のほとんど、そして片耳もなくなっている。残っている部分もひどい傷を負っていた。「お母さんのご両親は貧しかった」とベアトリスは言った。「アラン、あなたがどれくらい聞いているのかは知りませんが、ご両親は手持ちのお金をすべて注ぎ込んで、ナオミをまともな施設に入れようとしました。母親はひどい罪悪感に苛まれてしまった。がんになって、あの薬を服用したのは母親のほうでしたから……。結局は、国に認可された監禁保護施設にナオミを入れるしかなくなった。どんなところかはわかりますね。しばらく、政府はそれにしか支出しませんでした。あんな施設に……。それはともかく、患者が絶えず逃げようとしたりして、ほんとうに手に負えなくなると、施設はなにもない部屋にその患者を入れて、自分の命を絶とうとしてもお構いなしで放置していた。そうした施設がまともに面倒を見ていたのは、蛆虫、ゴキブリ、そしてネズミくらいです」

わたしは身震いした。「そういう施設があると聞いたことはある」

「そういうところを動かしているのは、強欲と無関心です」とベアトリスは言った。アランのほうを見た。「お母さんはそういう施設で三か月生き延びました。私がそこから引き取った。あとで、その施設を閉鎖するのにも関わりました」

「あなたが引き取った？」とわたしは訊いた。

「そのころは、ディルグはまだありませんでしたが、私はロサンゼルスで症状を抑えたデュリエ＝ゴード症患者のグループと一緒に働いていました。ナオミのご両親は私たちのことを耳にして、娘を引き取ってほしいと依頼してきました。そのころ、私たちを信頼してくれる人はあまりいなかった。専門的な訓練を受けていたのは二、三人だけでした。みんな若く、理想に燃えていて、無知だった。最初の建物は木造で、屋根から雨漏りがしていた。ナオミのご両親は藁《わら》にもすがる思いでした。それは私たちも同じです。そして、まったく偶然に、つかんだ藁が当たりでした。なにができるかをディルグ家に証明して、この地所を引き継ぐことができました」

「なにができると証明したの？」とわたしは訊いた。

ベアトリスはアランと母親のほうを振り返った。アランはナオミのぐちゃぐちゃになった顔、ねじれて色褪せた傷痕を見つめていた。ナオミは年配の女性と二人の子どもの形を作っていた。老いてやつれ、しわの寄った顔は、驚くほど生々しかった——盲目の彫刻家の作品としてはありえないほど細かく作られていた。

わたしたちがいることに、ナオミは気がついていないようだった。完全に制作に没頭していた。アランはベアトリスからの注意を忘れてしまって手を伸ばし、その傷だらけの顔に触れた。ベアトリスは止めなかった。触れられてもナオミは気がつかないようだった。「もし、注意をあなたのほうに向けてしまえば、ナオミの日常を乱すことになります。彼女が自分を傷つけることなく日常に戻るまで、そばで待つことになる。三十分ほど」

「注意を向けさせられるんですか?」とアランは訊いた。

「ええ」

「母さんの……?」アランは息をのんだ。「そんなの聞いたことがない。話せるんですか?」

「話せます。でも、話そうとしないかもしれない。それに、話すとしても、かなりゆっくりになる」

「やってみてください。注意を向けさせて」

「あなたに触れようとしますよ」

「構わない。やってみてください」

ベアトリスはナオミの両手を取ると、濡れた粘土から離し、そのまま持っていた。数秒間、ナオミはつかまれた手を引っ張ろうとして、どうして思いどおりに動いてくれないのかわかっていない様子だった。

ベアトリスは一歩近寄り、静かに口を開いた。「ナオミ、やめなさい」するとナオミは動かなくなり、集中して待っている雰囲気で、見えていない目をベアトリスに向けた。完全に集中して待っていた。

「ナオミ、お客よ」
二、三秒して、ナオミは言葉にならない音を発した。
ベアトリスはアランを招き寄せ、アランの片手をナオミに握らせた。今度は、ベアトリスが彼に触れてもわたしは気にならなかった。目の前の出来事に釘付けになっていた。ナオミはアランの手を細かく調べると、腕をたどっていき、肩、首、そして顔に指を這わせた。両手でアランの顔を包み込んで、音を発した。言葉だったのかもしれないけど、わたしにはわからなかった。考えられるのは、その手は危険だということだけだった。父の手のことを考えていた。

「アラン・チーという人ですよ。あなたの息子です」

数秒が過ぎた。

「息子?」とナオミは言った。唇はあちこちが裂けて、きれいに治っていなかったけど、その言葉ははっきりしていた。「息子?」と不安げに繰り返した。「ここに?」

「息子さんは元気ですよ。訪ねてきたんです」

「母さん?」とアランは言った。

ナオミはアランの顔をもう一度調べた。母親に症状が出はじめたとき、アランは三歳だった。覚えているなにがしかが、いまのアランの顔に残っているとはとうてい思えなかった。自分に息子がいたことすら覚えているだろうか。

「アラン?」と彼女は言った。アランの涙を見つけると、そこで手を止めた。自分の顔の、目があるはずのところに触れると、アランの目のところにまた手を伸ばした。わたしがつかもうとするより一瞬早く、ベアトリスがその手をつかんだ。

「だめ」ベアトリスはしっかりした声で言った。

その手は力を失い、ナオミの体の横に下がった。ベアトリスに向けたナオミの顔は、骨董品の風見鶏がくるくる回っているようだった。ベアトリスに髪を撫でてもらいながらナオミが言ったなにかを、わたしはもう少しで理解できそうだった。くしゃくしゃの顔になって涙を拭っているアランのほうを、ベアトリスは見た。

「息子さんを抱きしめてあげて」とベアトリスはそっと言った。

ナオミが振り向き、手探りすると、アランはその体をぎゅっと抱きしめた。ナオミの両腕がゆっくりとアランの体を抱いた。口にした言葉は、形が変わってしまった口のせいで不鮮明だったけど、どうにか理解できた。

「親は？」とナオミは言った。「私の親は……ちゃんと世話してくれた？」アランは明らかに理解できず、母親を見つめた。

「両親があなたの面倒をちゃんと見てくれたのかどうか訊いてる」とわたしは言った。

アランはわたしに疑わしそうな目を向け、ベアトリスを見た。

「そうです」とベアトリスは言った。「両親が世話をしてくれたのかどうか知りたがっているだけです」

「ちゃんとしてくれたよ」とアランは言った。「母さんにした約束を守ってくれた」

数秒が過ぎた。ナオミが発した音は、泣いているとアランですらわかり、なだめようとした。

「ほかに誰が来ているの？」しばらくして、ナオミは言った。

今度は、アランはわたしを見た。わたしはナオミが言ったことを繰り返した。

「リン・モーティマーっていう人なんだ」とアランは言った。「ぼくは……」言葉がぎこちなく途切れた。「この人と結婚するつもりなんだ」

しばらくして、ナオミはアランから体を離して、わたしの名前を口にした。駆け寄りたい、とわたしは真っ先に思った。もうナオミのことを怖いとも、気持ち悪いとも思わなかったけど、どういうわけかベアトリスのほうを見た。

「行ってあげて」とベアトリスは言った。「ただし、あとで私と話してもらわないと」

わたしはナオミのそばに行き、彼女の片手を取った。

「ベア？」とナオミは言った。

「リンです」とわたしはそっと言った。

ナオミはさっと息を吸った。「だめ」と言った。「だめ。あなたは……」

「わたしはリンです。ベアと話したいですか？　ここにいますよ」

ナオミはなにも言わなかった。片手をわたしの顔に当て、ゆっくりと探った。わたしはそのままにさせた。もし乱暴になれば、すぐに止められる自信があった。でも、まずは片手、そして両手が、優しくわたしの顔を撫でた。

「息子と結婚するの？」と、しばらくしてナオミは言った。

「はい」

「よかった。あの子を守ってあげてね」

できるかぎりのことをして、わたしたちはお互いを守るつもりだ。「はい」とわたしは言った。

「よかった。誰もあの子を締め出さなくなる。誰もあの子を縛ったり、檻に入れたりしない」

ナオミの片手がまたふらふらと自分の顔に戻り、かすかに爪を食い込ませた。

「だめです」わたしはそっと言って、その手をつかんだ。「あなたにも安全でいてほしい」

口が動いた。微笑んだのだと思う。「息子は？」とナオミは言った。

アランはその言葉を理解し、母親の片手を取った。

「粘土」とナオミは言った。粘土で作る、アランとリン。「ベア？」

「もちろんいいわよ」とベアトリスは言った。「手に記憶があるかしら？」

「ない！」ナオミの返事は、どんな言葉に対してよりも早かった。それから、子どもっぽくもある声でささやいた。「ある」

ベアトリスは笑い声を上げた。「ナオミ、よかったらまた二人を触ってあげて。二人は気にしませんよ」

そのとおりだった。アランは目を閉じて、ナオミの優しさを信頼していたが、わたしは同じようにはできなかった。ナオミに触れてもらうことは構わなかったし、目のあたりでもよかったけど、彼女に関して自分を騙すことはしなかった。ナオミの優しさは、一瞬で豹変してしまってもおかしくない。ナオミの指はアランの目のあたりでぴくぴく動き、彼になにかあったらとわたしは心配になって、すぐに口を開いた。

「ナオミ、触るだけ。触るだけですよ」

ナオミは固まり、質問するような音を発した。

「大丈夫だよ」とアランは言った。

「わかってる」とは言いつつも、わたしは信じてはいなかった。でも、誰かがナオミをしっかりと見ていて、危険な芽を摘んであげれば、アランは大丈夫だろう。

「息子！」もうつかめた、とナオミは幸せそうな声だった。アランから手を離すと、粘土をもらいたがり、年配の女性の彫刻にはもう手を触れようともしなかった。ベアトリスは新しい粘土を取りに行き、気がはやるナオミをわたしたちがなだめることになった。アランは破滅的な行動が迫っていれば察することができるようになっていた。ナオミはそれにあらがったが、わたしからも話しかけて、落ち着いてもらった。ベアトリスが戻ってくると、また同じようになり、ベアトリスは「ナオミ、だめ」と言った。ナオミは両手をおとなしく体の脇に下ろした。

「どういうことです？」あとで、ナオミをひとりにしても安全だとわかり、粘土でわたしとアランの二人を作るという仕事に完全に没頭してもらってから、アランは訊ねた。「女の言うことしか聞かないとか？」

ベアトリスは応接間に戻り、わたしたちを座らせ、自分は腰を下ろさなかった。窓のそばに行って、外を見つめた。「ナオミが従うのはあるタイプの女性だけです」と言った。「それでも、なかなか言うことを聞いてくれないときもある。かなり難しい患者です――おそらくは、私が引き取る前に自分で与えてしまった傷のせいで」ベアトリスはわたしたちのほうを向き、唇を嚙んで顔をしかめていた。「この話をする必要は、しばらくなかった」とベアトリスは言った。「ほとんどのデュリエ＝ゴード症患者には分別があり、患者同士で結婚して子どもを作ったりはしません。あなたたちにも、子どもを作るつもりがなければいいのですが――でも、私たちには必要なのです」ベアトリスは大きく息を吸った。「フェロモンです。匂いの作用がある。それは性別と結びついています。父親から病が遺伝した男性には、その匂いがまったくありません。それに、傾向としては男性のほうが病状は軽い。でも、ここの職員としては役には立ちません。母親から遺伝した男性は、男性のなかでもっとも匂いが強い。ここのデュリエ＝ゴード症患者は、少なくともそれに気がつくよう仕向けることができるので、そうした男性はここで働くことができます。父親ではなく母親から病を受け継いだ女性たちも同じです。無責任な二人の患者が結婚して、私やリンのような女の子をもうけたときだけ、ここのような施設でほんとうに役に立つ人間が生まれます」ベアトリスはわたしを見た。「私やあなたのような人は、貴重な人材です。大学を卒業すれば、すごく給料のいい仕事が待っています」

「ここでの仕事が？」とわたしは訊いた。

「ここで研修を受けることもあるかもしれない。そのあとはわかりません。おそらく、この国のべつのところで保養所を立ち上げるときに力を貸すことになります。よそでほんとうに必要とされているから」ベアトリスは心のこもっていない微笑みを浮かべた。「私のような人たちは、一緒だとうまくいかない。あなたが私を好きではないように、私もあなたを好きでないのは、もうわかっていますね」

わたしは息をのみ、一瞬、靄《もや》を通してベアトリスを見ているようになった。やみくもにベアトリスが憎くなった——ほんの一瞬だけ。

「後ろにもたれて」とベアトリスは言った。「力を抜いて。それで大丈夫だから」

わたしはそのとおりにした。言われたとおりにしたくはなかったが、ほかにどうすればいいのか思いつかなかった。なにも考えられなかった。「どうやら」とベアトリスは言った。「私たちはかなり縄張り意識が強いようです。ここでは私のような人はひとりだけなので、ディルグでは安心していられる。ここに同じような人がいると、牢獄になってしまう」

「ぼくにはものすごく大変な仕事に思えるな」とアランは言った。

ベアトリスは頷いた。「限界寸前ですよ」ひとり微笑んだ。「私はデュリエ＝ゴード症の両親から生まれた最初の世代です。成長してそのことを理解したとき、自分にはあまり時間が残されていないと思いました。最初は自殺しようとしました。うまくいかず、そのとき考えていた残り時間に人生のすべてを賭けようとしました。この計画に取り掛かると、発症する前に成果を出さなければ、と必死で働きました。いまではもう、働いていないとどうしていいのかわからない」

「どうして、いままで……発症せずに？」とわたしは訊いた。

「どうしてでしょうね。私のような例は少ないので、なにが普通なのかはわかりません」

「デュリエ＝ゴード症は普通、遅かれ早かれ発症する」

「じゃあ、遅いほうなのでしょう」

「どうして、その匂いはまだ合成されていないんです？」アランは訊いた。「どうして、強制収容所のような療養所や病棟がまだあるんです？」

「その匂いの効力を私が証明してから、合成を試みる人たちはいました。これまでのところ、成功した人はいません。できたのは、リンのような人たちがいないかとしっかり目を光らせておくことだけ」ベアトリスはわたしを見た。「ディルグ奨学金、でしょう？」

「そう。いきなりもらえることになった」

「私たちの仲間はしっかり調査しています。卒業直前になるか、大学を中退するかしたら、連絡がいくはず」

「もしかして」とアランは言って、まじまじとわたしを見つめた。「彼女がすでにそれをしている、なんてことは？　その匂いをすでに使って、人に……影響を与えているとか？」

「あなたに影響を？」とベアトリスは訊いた。

「ぼくたちみんなに。デュリエ＝ゴード症患者のグループに。みんなで一緒に暮らしてるんだ。もちろん、誰も発症していないけど……」ベアトリスは微笑んだ。「若者だらけなのに、あんな静かな家はめったにない」

わたしがアランのほうを見ると、彼は目をそらした。「わたしはなにもしてない」とわたしは言った。「みんながやるって約束した仕事を思い出してもらってる。それだけ」

「みんなを落ち着かせている」とベアトリスは言った。「そこにいることで。あなたは……その、家中に匂いを残している。ひとりひとりに話をしている。なぜかはわからないまま、みんなはそれをとても心地よく感じているはずです。アラン、そうでしょう？」

「どうだろう」とアランは言った。「きっとそうだったんだと思う。初めて家に行ったときから、そこに住みたいと思った。そして初めてリンに会ったとき……」アランは首を横に振った。

「おかしな話だ。全部、自分で考えたことだと思っていた」

「アラン、ここで働く気は？」

「ぼくが？　求められているのはリンでしょう」

「二人とも来てほしい。ここの作業室のどれかを目にして、そのまま背を向けて逃げていく人がどれだけ多いか。あなたたちみたいな若い人が、いずれこのような施設を動かしていくべきだと思う」

「ぼくらが望むと望まざるとにかかわりなく？」とアランは言った。

わたしは怖くなって、アランの手を握ろうとした。でも、アランは手を引っ込めてしまった。「アラン、ちょうどいいよ」とわたしは言った。「ただの当座しのぎだってことはわかってる。そのうち、遺伝工学がすべて解決してくれるだろうけど、いまのところ、これがわたしたちにできることなんだし」

「きみにできること、だろ。みんなが働いてる保養所で女王蜂の役をする。ぼくは雄蜂になろうなんて気はない」

「医師は雄蜂ではないと思いますよ」とベアトリスは言った。

「患者の誰かと結婚しようと思いますか？」アランは訊いた。「リンがぼくと結婚するというのはそういうことです――ぼくが医者になろうとなるまいと」

ベアトリスはアランから目をそらして、部屋の反対側をじっと見つめた。「夫はここに入っています」と、穏やかな口調で言った。「ここに入って、もう十年になる。ここよりいい場所はないでしょう……そのときが来てしまったら」

「ちくしょう！」アランはつぶやいた。わたしをちらりと見た。「もう出よう」立ち上がると、大股で部屋の反対側にある扉まで行った。扉を引き、鍵がかかっていることに気がついた。ベアトリスのほうを振り向き、出してほしいと身振りで要求した。ベアトリスは彼のそばに行き、肩をつかむと、扉のほうを向かせた。「もう一度試してみて」と静かに言った。「扉を破ることはできません。試してみて」

驚いたことに、アランの刺々《とげとげ》しさはいくぶん弱まったようだった。「これもＰＶ錠ですか？」とアランは訊いた。

「そうです」

わたしは歯を食いしばって、目を背けた。ここは手出ししないでおこう。わたしたち二人にあるものをどう使えばいいのか、ベアトリスにはわかっている。そして、そのときの彼女はわたしの味方だった。

アランがどうにか扉を開けようとしている音がした。扉は揺れて音を立てることすらなかった。ベアトリスはアランの手を取って扉から離させ、大きな真鍮《しんちゅう》のドアノブらしきものに手のひらを当てると、押して開けた。

「この錠を発明した男の人は、とくに目立つ人ではありません」とベアトリスは言った。「並外れた知能指数の持ち主でもないし、大学も出ていません。でも、SFをどこかで読んだことがあって、それは掌紋判別の錠前が当たり前の世界での物語でした。彼はそのひとつ上を行って、手のひらか声に反応する錠前を作り出しました。何年もかかりましたが、ここではその時間的余裕を与えることができた。アラン、ディルグの人たちは問題を解決できるんです。あなたがどんな問題を解決できるか考えてみて」

アランの顔つきはまるで、実際に考えはじめ、理解しはじめているかのようだった。「このやり方で生物学をどう研究していけるんだろう」と言った。「みんな単独で行動していて、ほかの研究者たちにもその成果にもお構いなしだとなると」

「研究は進んでいますよ」とベアトリスは言った。「単独ではなく。コロラドにある私たちの保養所が研究に特化しています。訓練を受け、発症していないデュリエ＝ゴード症患者たちが十分にいて——といっても、どうにか足りているという程度ですが——誰も単独で作業をしないように調整しています。私たちの患者たちは、まだ読み書きができます。自分をひどく傷つけていない人たちは。報告が手に入れれば、お互いの成果を取り入れることができます。それに、外部から入ってくる資料も読めます。アラン、彼らは働いているんです。病気で止まったりはしていない。病気に止められたりはしない」アランはベアトリスを見つめた。ベアトリスの熱意に——あるいは匂いに——囚われているようだった。喉からどうにか絞り出すようにして言った。「ぼくは操り人形にはならない。操られはしない……匂いなんかには！」

「アラン——」

「母さんのようになってたまるか。死んだほうがましだ」

「あなたはお母さんのようにはならないんですよ」

アランは明らかにそれを信じず、体を引いた。

「お母さんは脳に損傷を受けています——便所も同然の監禁保護施設で三か月を過ごしたせいで。私と会ったときには、話もできませんでした。あなたには想像もつかないくらい回復しているんです。あなたはそんな思いをなにひとつしていない。私たちと働けば、そんな思いをしなくてすむようにしてあげられます」

アランはためらい、おぼつかない様子になった。そんな余地があるだけでも驚きだった。

「あなたに支配されるか、リンに支配されるか、どちらかになる」と言った。

ベアトリスは首を横に振った。「お母さんですら、私に支配されてはいません。私がいることはわかっています。私からの指示を聞くこともできます。私に対する信頼は、目の見えない人が案内人を信頼するのと変わりません」

「それだけじゃないはずだ」

「ここは違います。私たちの保養所では違う」

「そんなのありえない」

「ということは、ここの人たちがどれだけの個性を保っているのかをわかっていませんね。助けが必要だと彼らはわかっていると同時に、自分の心も持っています。心配しているような権力の悪用が見たいのなら、デュリエ＝ゴード病棟に行くといい」

「それよりましなところだとは思う。間違いなく、それよりもいい。でも……」

「でも、私たちを信用できない、と」

アランは肩をすくめた。

「信用しているでしょう」ベアトリスは微笑んだ。「信用したくはないけれど、信用している。そのせいで心配になるし、やるべきことが生じてしまう。私が言ったことを調べてごらんなさい。自分で確かめてみるといい。私たちはデュリエ＝ゴード症患者が生きて、大事だと思うことをする機会を提供しています。それ以上のなにを、あなたは持ち合わせていますか？　現実的に言って、それ以上のなにを求めることができますか？」

沈黙。「どう考えればいいのかわからない」と、アランはしばらくして言った。

「家に帰りなさい」とベアトリスは言った。「どう考えるべきか、決めるといい。人生でもっとも重要な決断になるのですから」

アランはわたしを見た。わたしはそばに行った。アランがどう反応するかわからなかったし、どう決断してもわたしと一緒にいたいと思ってくれるのかどうかもわからなかった。

「きみはどうするつもり？」とアランは訊いてきた。

訊かれてわたしはびっくりした。「あなたには選択の余地がある」とわたしは言った。「わたしにはない。もしあの人の言うとおりなら……結局は保養所を動かしていくわけでしょ？」

「そうしたいと思う？」

わたしはごくりと唾をのんだ。まだ、その質問としっかり向き合ってはいなかった。突き詰めれば品のいいデュリエ＝ゴード病棟、という場所で一生を過ごしたいのか？「思わない！」

「でも、することになるよね」

「……だと思う」わたしは少し考えて、ちょうどいい言葉を探した。「あなただってそうするはず」

「なにを？」

「もし、そのフェロモンが男性にしかないのなら、あなたもそうするはず」

また、あの沈黙。しばらくして、アランはわたしの手を握り、ベアトリスに従って外にある車に向かった。付き添いの門衛が運転する車にアランと乗り込もうとすると、ベアトリスが腕をつかんできた。わたしは反射的にそれを振り払った。思い直すまで、彼女を殴るつもりだったかのように手を振り回していた。まあ、殴るつもりだったというのはほんとうだったが、どうにか思いとどまった。「すみません」とわたしは気持ちを込めようともせずに言った。

ベアトリスは名刺をわたしに押しつけた。「私の番号だから」と言った。「朝七時以前か、夜九時以降ならだいたい出られる。あなたとは電話でやり取りするのが一番いいと思う」

名刺を投げ捨てたいという衝動を、わたしはどうにかこらえた。まったく、ベアトリスといると子どもっぽくなってしまう。

車に乗ったアランは門衛になにかを言った。言葉は聞き取れなかったが、その声音で、ベアトリスと言い争っていたときの彼を思い出した。ベアトリスの説得力、彼女の匂い。ベアトリスはわたしのためにアランを説き伏せたようなものだったのに、わたしは形ばかりの感謝も示せずにいた。わたしは声をひそめて、ベアトリスに話しかけた。

「アランにはそもそも選ぶ余地なんてなかった。そうですよね？」

ベアトリスは意外そうな顔になった。「それはあなた次第です。彼と一緒にいることも、追い払うこともできる。いいですか、彼を追い払うこともできるんですよ」

「どうやって？」

「彼には選ぶ余地などないと想像することで」ベアトリスはかすかに微笑んだ。「あなたの縄張りから電話をして。お互いに話すべきことは山ほどあるし、敵同士として話をしたくはないから」

もう何十年も、ベアトリスはわたしのような人に会ってきた。しっかり自制していた。一方のわたしは、自制心を失う寸前だった。車にあわてて乗り込み、門のところまで門衛に運転してもらっているあいだ、ありもしないアクセルペダルを足元で踏みつけるのが精一杯だった。ベアトリスのほうを振り返ることはできなかった。邸宅からかなり遠ざかって、門衛を下ろしてアランの運転で敷地から出るまで、振り返れずにいた。どういうわけか、振り返ればそこに自分が立っている姿を見てしまう、白髪交じりで年老いた自分が小さくなって消えていく姿があるのだとずっと思い込んでいた。

あとがき

「夕方と、朝と、夜と」は、生物学と医学と個人の責任に対する尽きることのない興味から生まれた。

この短編は、私たちの行動のどれくらいが遺伝的素質によって後押しされたり阻まれたり、誘導されたりしているのだろうと考えるところからはじまった。私にとってはお気に入りの疑問で、そこから長編小説もいくつか生まれた。その疑問は危険にもなりうる。その問いを発する人はしばしば、自分たちが望ましいと思うものをもっとも多く、もっともよく、あるいはその大半を持っているのは誰かを知りたがっている。あるいは、望ましくないものがもっとも少なく、もっとも小さく済んでいるのは誰なのかを。ボードゲームとしての遺伝学、あるいは社会進化論の口実としての遺伝学は、二、三年おきに人気を博す。厄介な習性だ。

それでも、問いそのものは魅力的だ。そして、恐ろしいことではあるが、病気はその答えを探究する方法のひとつだ。とりわけ遺伝子疾患は、私たち人間とはなんなのかを教えてくれるかもしれない。

私は三つの遺伝子疾患を組み合わせて、デュリエ＝ゴード症を作り出した。ひとつ目はハンチントン病だ。遺伝性で、顕性であるため、その遺伝子を持っていれば発症を避けることはできない。そして、たったひとつの遺伝子の異常によって引き起こされる。加えて、ハンチントン病は通常は中年になるまで発症しない。

ハンチントン病に加えて、フェニルケトン尿症も使った。潜性の遺伝子疾患であり、その遺伝子を持つ幼児に特別な食事を与えないと、深刻な知能障がいを引き起こす。

三つ目に使ったレッシュ・ナイハン症候群は、知能障がいと自傷行為を引き起こす。

そうした疾患の要素に、独自のひねりを加えてみた。フェロモンに対する敏感さと、患者たちが自分の肉体に閉じ込められていて、しかもその肉体はどういうわけか自分のものではないという妄念だ。最後の点については、多くの宗教や哲学にも見られるなじみの考え方を取り上げて、恐ろしいところまで突き詰めてみた。

私たちの数十兆個もある細胞のひとつひとつの核には、五万もの異なる遺伝子が入っている。その五万個の遺伝子のうちひとつ、たとえばハンチントン遺伝子が、私たちの人生を——つまりは人間ができることや、人間がなれるものを——そこまで大きく変えてしまうのなら、私たちとはなんなのだろう。

ほんとうに、なんなのだろう。

その問いに私と同じくらい魅了された読者のために、簡単だが風変わりな読書案内をしておきたい。ジェーン・グドール『野生チンパンジーの世界』、ジュディス・ラパポート『手を洗うのが止められない——強迫性障害』、バートン・ルーチェ『推理する医学』、オリヴァー・サックス『火星の人類学者』『妻を帽子とまちがえた男』。
お楽しみあれ！

近親者

「お母さんはきみを望んで産んだ」と伯父は言った。「子どもを産まなくてもよかったんだよ。二十二年前ですらね」

「そうね」私は母のアパートメントの居間にいた。快適な木製の揺り椅子に腰を下ろして伯父と向き合った。足元には、レタス用の大きな段ボール箱に入れた書類があった――ばらばらの書類も、折り目がついた書類も、一枚きりの書類も封筒に入った書類も、大事な書類もどうでもいい書類も、すべてごちゃまぜになっている。母の婚姻証明書、オレゴンに持っていた土地の証書。歳月のなかで色が濃くなった、緑と赤のクレヨンで塗った安物のクリスマスカードには、「ママへ　メリークリスマス」と書いてある。私が六歳のときに作って、そのころママと呼んでいた祖母にあげたカードだ。祖母はそれを、優しい嘘をついて母に渡したのだろうか。

「もう少しできみが生まれるというとき、お母さんは夫を亡くした」伯父は言った。「ひとりで子育てをすることに耐えられなかったんだよ」

「ほかの人たちはやってることなのに」と私は言った。

「ほかの人たちとは違ったからね。自分にできることと、できないことはちゃんとわかっていた。きみがお祖母さんのところで楽しく過ごせるよう、ちゃんと手配していた」

私は伯父を見つめた。どうして、いまでも母の肩を持つのだろう。母のことを私がどう思っていようと、どう思っていまいと、それがなんだというのだろう。「八歳くらいだったかな」と私は言った。「母さんが会いに来たから、しばらく母さんのところにいたいって言った。だめだって言われた。仕事があるし、場所がないし、お金も足りないし、ほかにもいろいろ事情があるからって。私は足手まといだと言いたいんだなって思った。だから、ほんとうに私を産んだの、それとも私は養子なんじゃないのって訊いた」

伯父は顔をしかめた。「お母さんはなんと言っていた?」

「なにも。ぶたれた」

伯父はため息をついた。「癇癪《かんしゃく》持ちだったな。神経質で、いつも張りつめていた。お祖母さんのところにきみを預けたのは、それも理由だ」

「ほかの理由は?」

「さっき自分でも言っていただろう。お金がない、場所がない、時間もない……」

「我慢強さも、愛もない……」

伯父は肩をすくめた。「それを話したかったのか? どうしてお母さんが嫌いだったのかをぶちまけたかったのか?」

「違う」

「じゃあ?」

私は床に置いた箱をじっと見つめた。箱の底は、母のクローゼットから運んできたときに書類の重みで破れている。アパートメントのどこかに接着テープがあるかもしれない。立ち上がって探しに行き、伯父は私が黙っていることにうんざりして出ていってくれるかもしれないと思った。伯父も同じようにすることがある。黙っていらいらしているのだ。小さいころは、それが怖かった。いまなら、むしろ歓迎したいくらいだ。出て行ってくれたら、話そうと思っていたあのことを切り出さずにすむ……。でも、伯父は昔から、親戚であるだけでなく友達でもあった。母の五歳年上で、祖母を除けば、ちょっと目を向ける以上に私のことを気にかけてくれる親戚といえば伯父しかいなかった。祖母の家でよく話しかけてくれたのだ。私を小さな大人として扱ってくれた――結婚したきょうだいの子どもを見ても、子どもとは小さな大人なのだという伯父の確信は揺らがなかった。そうとは知らないまま、私にかなりのプレッシャーをかけていたけれど、私からすれば、ほかのおばやおじたち、年老いた祖母の友達よりも、伯父のことが好きだった。頭を撫でられて、いい子になるんですよと言われるのは嫌だった。母よりも伯父と馬が合ったから、いまでも、いや、いまはなおさら、伯父を失いたくはなかった。

台所の引き出しでテープを見つけて戻ってみると、伯父はまだいた。箱から書類を一枚取り出しただけだった。伯父が座ってそれに目を通すあいだに、私はどうにか箱をテープで補強しようとした。なかなかうまくいかなかったけれど、頼まないかぎりは伯父が手伝ってくれるとは思っていなかった。ほかの男の親戚なら手伝ってくれることもあったかもしれない。伯父にかぎっては違う。

「それは？」私は書類に目をやって訊ねた。

「きみの通知表だよ。五年生のときの。ひどい成績だ」

「もう。捨てちゃって」

「どうしてお母さんが取っておいたのか不思議に思ったりは？」

「思わない。だって……ちょっとは母さんの気持ちがわかってたとは思う。子どもを産んだことには満足していたと思う。どうしてかな。女としての価値を証明したかったとか、子どもを産めるんだと確かめたかったとか。でも、産んだとなると、私を育てることで時間を無駄にしたくなかったわけよね」

「きみを産むまでに四回流産しているんだよ」

「それは聞いた」

「それに、しっかりきみを見ていた」

「ときどきはね。私がそんな感じの最低な成績だったときは、こっぴどく叱りに来た」

「だからこんな成績を取ったのか？　怒らせようとして？」

「そんな成績だったのは、勉強なんかどうだっていいと思っていたから。伯父さんがやってきて、きつく叱られて心底怖くなってからは違う。それからは真面目になった」

「そういえば、そんなこともあったな。怖がらせようとしたんじゃない。ちゃんとした頭があるのに使っていないと思ったから、そう言っただけだ」

「そう言ってた。心底ムカついてるって顔でそこに座ってたから、もう完全に見放されたんだって不安になった」私は伯父をちらりと見た。「ほらね？　私が養子じゃなかったとしても、伯父さんは継父みたいなものだった。伯父さんにしっかりつかまっていないとだめだった」

その言葉で、伯父はほかのことでは見せない笑顔になり、若返って見えた。五十七歳、ほっそりした体つきで、まだハンサムだった。母の家族はみんな小柄で、華奢に思えるような見た目をしている。女はそれで魅力的になる。男も魅力的だと私は思っていたけれど、そのせいで従兄弟たちは喧嘩をしたり威張ったりして、男らしいところを見せようと躍起になってしまう。怒りっぽくなり、身構えてしまうのだ。それが、少年だったときの伯父にどんな影響を与えたのかはわからないが、そのときの伯父は身構えてはいなかった。怒ったときの伯父は、身を切るような冷たい言葉を浴びせてくる。もしそれでも足りないとなれば、喧嘩も辞さない。少なくとも、若いころはそうだった。でも、伯父が自分から揉め事を起こすところは一度も見なかった。私の従兄弟たちは伯父を嫌っていた。怒っていないときでも氷みたいに冷たい、と言っていた。そうは思わない、と私が言うと、お前も冷たいと言ってきた。だからなんなのだろう。伯父と私はお互い気持ちよく接することができていた。

「お母さんの持ち物はどうする？」と伯父は訊いてきた。

「売るか、救世軍にあげるか、どうしようかな。何かほしいものはある？」

伯父は立ち上がって寝室に行った。そのなめらかで優雅な動きには、歳月の手は及んでいないようだった。母の化粧だんすから、一枚の写真を持ってきた――〈ノッツ・ベリーファーム〉にいる祖母と、母と、十二歳くらいの私のスナップ写真を拡大したものだ。どうやってか、そのときの伯父は私たち三人を一緒に連れ出した。三人で写っているのは、私の知るかぎりではその一枚だけだった。

「伯父さんも入ればよかったのに」私は言った。「そのへんの人に撮ってもらって」

「いや。三人で写っているほうがしっくりくる。母娘三代だからね。ほんとうにこの写真はいらないのか？　コピーも？」

私は首を横に振った。「伯父さんにあげる。ほかはいらない?」

「いらない。あのオレゴンの土地はどうする? たぶん、アリゾナにもちょっとした土地があると思う」

「ここ以外はあちこちに土地がある」と私はつぶやいた。「ここに家を買ってくれていたら、一緒に住めたかもしれないのに。どこにそんなお金があったわけ? 貧乏だったはずなのに」

「お母さんはもう死んだんだよ」伯父は淡々と言った。「いつまで恨み言に時間と体力を使うつもりなんだ?」

「なるだけしないようにする」と私は言った。「でも、蛇口みたいにひねって止められるわけじゃないし」

「私の前では止めておいてくれ。妹だったし、きみはどうであれ、私は愛していた」ひどく静かで、穏やかな声だった。

「わかった」

黙っていると、やがて叔母のひとりが現れた。扉を開けてあげると、叔母は私を抱きしめておいおい泣いた。母にとっては妹だったわけだから、私は我慢した。祖母のところを訪ねてきては、自分の子どもたちの出来のよさを自慢していた叔母だった。家族一の愚か者だと言いたげに私の頭を撫でてきた。嫌な女だった。

「スティーヴン」と叔母は声をかけた。伯父はその名前が嫌いだった。「なに持ってるの? 写真ね。素敵じゃない。あのころのバーバラはきれいだった。昔から美人だった。葬儀のときも自然で……」

叔母は寝室にふらりと入っていき、母の持ち物を漁りはじめた。クローゼットの前でため息をついた。いまは母よりも十キロは体重がありそうだったが、二人が同じ体型だったときのことはまだ覚えていた。

「素敵なものばかりだけど、どうするつもり？」叔母は私に訊ねてきた。「いくつかは形見の品として取っておいたほうがいいわよ」

「そう？」と私は言った。もちろん、すべてをできるだけ早く処分するつもりだった——まとめて救世軍に送ればいい。でも、母の振る舞いが母親らしくなくて独善的だと言っていたこの叔母は、いまの私が母の持ち物になんの思い入れもなさそうにすれば気色ばむのだろう。

「スティーヴン、手伝ってるの？」と叔母は言った。

「いいや」と伯父は穏やかに言った。

「一緒にいてあげてるってこと？　素敵ね。わたしにできることはあるかしら」

「なにもないよ」と伯父は言った。叔母はどう見ても私に言っていたのだから、おかしなやりとりだった。少し驚いた顔を叔母が向けると、伯父は無表情に見つめ返した。

「そう……もしなにか手伝えることがあれば、いつでも電話してね」叔母の手には、母の宝石がいくつか握られていた。今度は白黒テレビをつかんだ。「これは持っていってもいいかしら。下の子たちがテレビのことで喧嘩してばかりだから……」そして出ていった。

伯父はその後ろ姿を見て、首を横に振った。

「あの人だって妹でしょ」私は微笑んで言った。

「そうじゃなかったら……まあいい」

「なに？」

「なんでもない」また、穏やかに警告してくるあの声。私はそれを無視した。

「わかってる。あの人は偽善者よ――それだけじゃないけど。私よりも母さんを嫌っていたと思う」

「どうして物を持っていかせた？」

私は伯父を見た。「このアパートメントの物がどうなったって、どうでもいいから。私からしたらどうでもいい」

「そうか……」伯父は深く息を吸った。「少なくとも、きみは偽善者ではないわけだ。お母さんの遺言があるんだよ」

「遺言？」

「その土地にはかなりの価値がある。それをきみに遺した」

「どうしてわかるの？」

「遺言の写しを持っているからね。お母さんは誰かが見つけてくれるとは思っていなかった」

伯父は片手を振って、段ボール箱を指した。「当てにできる書類の整理の仕方ではないしね」

私は不機嫌に頷いた。「確かに。そこになにが入ってるのか、全然わからない。でも、伯父さんがその土地をもらっちゃだめなの？　私はいらない」

「きみになにかしてあげたかったんだよ。受け取ってあげるといい」

「でも……」

「受け取ってあげなさい」

私は深く息を吸って、吐き出した。「伯父さんにはなにか遺した?」

「いいや」

「そんなのおかしい」

「私は満足している——少なくとも、お母さんが譲ると決めたものをきみが受け取るならね。お金も多少ある」

私は眉をひそめた。母が貯金していたなんて想像もできなかった。土地のことだって、母の私物を整理しはじめてようやく知ったのだ。そこに、お金まであるなんて。でも、少なくとも話のきっかけにはなる。「それは母さんから? それとも伯父さんから?」

伯父はほんの一瞬ためらってから言った。「お母さんの遺言にある」でも、どこか妙な口ぶりだった。まるで、意表を突かれたような。

私は微笑んだけれど、それで伯父が気まずそうにしているのを見てやめた。気まずい思いはしてほしくなかった。どのみちそういう思いをさせることになるし、ほかに手立てもないのだが、楽しくもうれしくもなかった。

「伯父さんはうまくごまかせない」と私は言った。「ごまかせそうな顔をしているけど。隠し事をしていて控えめな感じで」

「顔は自分ではどうしようもないな」

「私もそんな見た目だって言われる」

「いや、お母さん似だよ」

「違うと思う。父親似だと思う」

伯父はなにも言わず、眉をひそめて私を見つめていた。私は箱のなかにある角が折られた書類を指でいじった。「それでも、お金をもらうべき?」

伯父は答えなかった。みんなが冷たいと言う、あの目つきを向けてくるだけだった。冷たいわけではない——ほんとうに冷たいときはどんな感じなのか、私は知っていた。そのときはまるで、苦しんでいるような、私に苦しめられているような様子だった。実際そうだったのだとは思うが、私はやめるわけにはいかなかった。もう引き返せない。私はごちゃまぜの書類の束に不安げに指を突っ込んで、しばらくそれに視線を落とした。唐突に、その書類が恨めしくなった。大学に残って、こんなもの放っておいて、全部ほかの親戚に任せればよかったのに。母はいつだって、ほかの親戚に私を任せっきりにしていたのだから。それか、しっかりした娘よろしく母親の遺品の整理に来たのだから、黙ってそれだけやればよかったのに。伯父はどうするだろう。出て行くだろうか。伯父すらも失ってしまうのだろうか。

「心配いらない」私は伯父のほうを見ずに言った。「そのことは心配しなくていい。伯父さんのこと大好きだから」前にも、何十回となく、遠回しにそう言ったことはあった。でも、「大好き」とはっきり言ったのは初めてだった。どういうわけか、なにかの許可を求めているような感じになった。伯父さんを大好きでいてもいいの?

「その箱にはなにがあるんだ?」伯父はそっと訊ねてきた。

私はなんのことかわからず、一瞬眉をひそめた。そして、伯父の考えていることがわかった。私の不安げな様子を見てなにを考えていたのか。「このことじゃない」と私は言った。「少なくとも、私が知ってることじゃない。心配しないで、母さんはなにかを書き残そうなんて思わなかったはずだから」

「じゃあ、どうやって知ったんだ？」

「知ったんじゃなくて、なんとなく思った。かなり昔に、そうなんじゃないかって」

「どうして？」

私は箱を軽く蹴った。「いろいろある」と私は言った。「一番簡単に説明できるのは、私が伯父さんに似ていることだと思う。お祖母ちゃんが撮った、伯父さんが若かったころの写真と、いまの私の顔を比べてみたらいい。双子だって言っていいくらい。母さんは美人だった。写真から見るに、母さんの結婚した相手は大柄で、男前だった。私は……伯父さんに似てる」

「それになにか意味がある、とまではいかないだろう」

「そうね。でも、私には大きな意味があった。もっと目立たない、ほかのことと合わせて」

「当てずっぽうか」伯父は苦々しく言った。身を乗り出した。「私はごまかすのがそんなにうまくはないだろう？」立ち上がると、扉のほうに歩き出した。私はさっと立ち上がって、伯父をつかまえた。私たちの背丈はぴったり同じだった。

「行かないで」と私は言った。「おねがい」

伯父はそっと私を押しのけようとしたが、私は動かなかった。

「教えて」私は食い下がった。「もう二度と訊かないし、蒸し返すこともしない。母さんは死んだ。もう傷つくこともない」私はためらった。「おねがい、私を見捨てないで」

伯父はため息をつき、少し床を見つめると、私に目を向けた。「そうだ」と、穏やかに言った。

私は伯父を離し、ほっとした気持ちで泣きそうになった。つまり、私には父親がいたのだ。母親がいたという実感はないままだったけれど、父親はいる。「ありがとう」と私はささやいた。

「誰も知らない」伯父は言った。「お祖母さんも、親戚の誰も知らない」

「私から言ったりはしない」

「そういうことじゃない。きみが人に話すと心配したことはない。心配だったのはほかの人ではなくて、あの連中がお母さんときみをどれだけ苦しめるかということだ――それから、知ってしまったらきみがどれだけ苦しむか」

「私は苦しんでない」

「そうだね」伯父が向けてくる目つきは驚いているようだった。伯父も私と同じくらい怯えていたのだ。

「母さんはどうやって、夫の名前を私の出生証明書に載せたの?」と私は訊ねた。

「嘘をついたんだ。もっともらしい嘘だった。お母さんが妊娠したとき、夫はまだ生きていた。もう別れていたが、あとになるまで家族はそれを知らなかったし、いつごろのことだったのかは知らないままだった」

「伯父さんのせいで別れたの?」

「そうじゃない。べつの女性と出会ったせいだ。流産せずに、生きた赤ん坊を産んでくれる人にね。夫に捨てられて、お母さんは私のところに来た。話をして、泣いて、気持ちを整理するために……」伯父は肩をすくめた。「お母さんとはいつも仲良しだった――仲が良すぎた」また肩をすくめた。「私たちは愛し合っていた。できることなら結婚したかったよ。それをどう思われようと構わない。結婚しただろうさ。実際のところ、妊娠したとわかって二人とも不安になったが、お母さんはきみを産みたいと言った。それに関しては疑う余地はない」

そのときでも、私は伯父の言葉を信じはしなかった。少し前の自分の言葉を信じていた——母が子どもをほしがったのは、自分は出産できる女なのだと証明したかったからだ。それを証明したとたん、母はよそに目を向けたのだ。でも、伯父は母を愛していたのだし、私も伯父が大好きだった。なにも言わずにおいた。

「きみが知ってしまうのでは、とお母さんはいつも怖れていた」と伯父は言った。「だから、一緒に暮らそうという気にはなれなかった」

「私のことを恥ずかしいと思っていた」

「自分を恥じていたんだ」

私は伯父を見て、読めない表情を読み取ろうとした。「伯父さんは?」

伯父は頷いた。「自分を恥じたよ——きみを恥じたことはない」

「でも、母さんとは違って、私を捨てたりはしなかった」

「お母さんだってきみを捨てたわけじゃない。そんなことができるはずがない。自分は養子なのかときみに訊かれたときの慌てぶりを見ただろう」

私は首を横に振った。「母さんも、私を信頼してくれたらよかったのに。伯父さんみたいになってくれたら」

「お母さんなりに努力はしたんだよ」

「そうすれば、私だって母さんを愛せた。私は気にしなかったのに」

「私はきみのことを知っているから、そうかもしれないとは思う。でも、お母さんにはそこまで信じることができなかった。思い切ることができなかった」

「伯父さんは私を愛してる?」

「愛しているとも。それはお母さんも同じだ。きみは信じないけどね」

「母さんと私は……お互いをよく知るべきだった。そうはできずじまいだった」

「そうだね」沈黙があり、伯父は書類の入った箱を眺めた。「手に負えないものが入っていたら、持ってきてくれ」

「わかった」

「あとで遺言のことで電話する。大学に戻るのか?」

「うん」

伯父はいつものちょっとした微笑みを浮かべた。「じゃあ、あのお金が必要になるな。受け取れないなんてたわ言はごめんだよ」伯父は出て行くと、そっと扉を閉めた。

あとがき

まず言っておくが、「近親者」は長編小説の『キンドレッド』とはなんの関係もない。最初にアンソロジーにこの短編を採用してくれた編集者にもそう言ったのだが、その編集者の頭に残っていたのは、似たタイトルの作品を私が二つ書いたからには、そこには関連性があるはずということだった。とんでもない。

「近親者」は、私のバプテスト信徒としての子ども時代と、そのころからあった、自分の興味が向かうに任せてしまう癖から生まれた。バプテストのしっかりした子どもとして、私は聖書を読んだのだが、最初はなにを信じてどう振る舞えばいいのかという指南書として読んだし、その次には暗記せねばならない韻文の集まりとして、そのあとには、繋がり合う興味深い物語集として読んだ。

その物語に、私は夢中になった。衝突、裏切り、拷問、殺人、追放、そして近親相姦。貪るように読んだ。もちろん、聖書を読むように勧めた母親の思いとは全然違った。それでも、私はその虜になったし、創作をはじめてからは、それらの主題を自分の物語でも展開した。「近親者」は、そんな興味からひょっこり生まれたものだ。大学のときに書こうとして、うまく書けなかった記憶がある。近親相姦についての、同情的な物語——その発想自体は頭にこびりつき、書いてほしいと求めていた。参考にしたのは、ロトの娘たち、アブラハムの妹にして妻、そして、アダムの息子たちとイヴの娘たちである。

話す音

ワシントン大通りを走るバスに乗っていると、トラブルが起きた。ライは移動のときには遅かれ早かれトラブルがあるものと覚悟していた。出発を先延ばしにしてきたが、寂しさとやるせなさに耐えられず、ついに外に出てきた。親戚がまだひと家族生き残っているかもしれない――三十キロほど離れたパサデナにいる兄と二人の子どもだ。訪ねていく片道の移動は、運が良ければ一日で済む。自分が住むヴァージニア通りの家から出ると、思いもかけずバスがやってきたので、幸先がいいと思った――その車内で、トラブルが持ち上がった。

二人の若い男のあいだで、なにかの意見の食い違いか、あるいは誤解が生じてしまったのだろう。二人は通路に立ち、お互いに向かって唸りながら身振りをしていた。どちらも、バスが道路に開いた穴の上をよろめきつつ走るせいで両腕を横に伸ばしていた。運転手はなにがなんでも二人の足元を不安定にさせようとしているらしい。それでも、二人の身振りは相手にぶつかる寸前で止まっていた。殴る真似、失われた罵り言葉のかわりに手で脅すしぐさ。

まわりの人々はその二人を見つめ、それからお互いを見やると、不安そうな小さな音を立てた。子どもが二人泣き声を上げた。

ライは争う男たちの一メートルほど後ろ、後方扉の向かい側に座っていた。その二人の若者を用心深く眺めた。どちらかの忍耐が切れるか、どちらかの手が滑るか、限られた意思疎通の能力の限界に達するかしたとき、殴り合いがはじまるだろう。その手のことはいつ起きてもおかしくない。

それが現実になったのは、バスがとりわけ大きな穴の上を通ったときだった。相手をせせら笑っていたひょろりとした男が、背が低いほうの男にぶつかったのだ。

即座に、背が低い男は、崩れていくせせら笑いの顔に左の拳を叩き込んだ。体の大きな相手を散々殴りつける様子はまるで、自分の左の拳以外に武器は必要ないかのようだった。素早く、強く殴って相手をへたり込ませ、背の高い男には体勢を立て直す暇も反撃する隙も与えなかった。

人々は恐怖の金切り声や叫び声を上げた。近くにいた乗客たちは大急ぎで離れた。さらに三人の若い男が興奮して吠え、荒っぽい体の動きになった。するとどういうわけか、その三人のうち二人のあいだでも争いが始まった――おそらくは、どちらかがうっかり相手を触るか殴るかしたせいだ。

二つ目の喧嘩に怯えた乗客たちがさらに散り散りになると、ひとりの女が運転手の肩を揺さぶり、うなりながら身振りをして喧嘩のほうを指した。

運転手は歯をむいてうなり返した。怖くなった女は引っ込んだ。

バスの運転手の流儀をよく知っていたライは気を引き締め、座席の前にある横棒をしっかりとつかんだ。運転手がブレーキをかけたとき、ライは準備ができていたが、喧嘩中の男たちは不意をつかれた。二組とも座席や金切り声を上げる乗客の上に倒れ込み、混乱に拍車をかけた。

少なくとも、さらにひとつ喧嘩がはじまった。

バスが完全に停止した瞬間、ライは立ち上がって動くと後方扉を押した。もう一度押すと扉は開き、ライは荷物を片腕に抱えて飛び出した。何人かがそれに続いたが、車内に残った者もいた。バスの運行がめっきり減って不規則になったとなると、人々は乗れるときにはなにがあろうと乗っていた。今日、次のバスはもう来ないかもしれない。明日も。人々は歩くようになり、バスを見かければ手を振って止めていた。ロサンゼルスからパサデナに向かうライのように都市間移動をする人は、野外で寝ることにするか、盗みや殺人に遭う危険を犯しても地元の住民に泊めてもらおうとしていた。

バスは動かなかったが、ライは車体から離れた。彼女としてはトラブルが終わるまで待ってからまた乗車するつもりでいたが、銃撃沙汰になったときに備えて木の後ろに隠れておきたかった。そうして縁石の近くにいると、通りの反対側を走っていたおんぼろの青いフォードがUターンして、バスの前に停車した。最近では自動車は珍しかった。燃料も、比較的損傷の少ない整備工も不足しているのだから無理もない。まだ動く車は、輸送手段としてだけでなく武器としても使われることになる。そんなわけで、フォードを運転している男が手招きしてきたとき、ライは警戒してあとずさった。その男は車から降りた——大柄な若い男で、きっちりしたあごひげにふさふさの黒い髪をしている。丈の長いコートを着て、ライと同じような警戒する目つきをしていた。ライはその男から一メートルほど離れて立ち、彼がなにをするつもりなのか確かめようとした。男は車内の争いで揺れているバスを見つめてから、降りて固まっている乗客たちに目をやった。最後に、またライを見つめた。

ライも視線を返しつつ、自分のジャケットに隠し持った四五口径の古い自動拳銃を強く意識していた。男の両手を見た。

男は左手でバスを指した。曇りガラスの窓のせいで、車内でなにが起きているのか男には見えていなかった。

その明らかな質問よりも、男が左手を使ったことにライは興味をそそられた。左利きの人は概して損傷の度合いが低く、より分別と理解力があり、不満や混乱や怒りに動かされることが少ない。

ライは男の身振りを真似て、自分の左手でバスを指し、それから両拳で宙を殴るしぐさをした。

男がコートを脱ぐと、ロサンゼルス市警の制服があらわになった。警棒と正規のリボルバーまで揃っていた。

ライは男から一歩あとずさった。ロサンゼルス市警はもう存在しない。そもそも、政府であれ民間であれ、大きな組織はひとつたりとも残っていない。地元の自警団があり、武装した個人がいる。それだけだ。

男はコートのポケットからなにかを取り出すと、コートを車のなかに放り込んだ。そして、戻ってくるようライに身振りをし、バスの後方を指した。片手にはプラスチック製のなにかを持っている。それでなにをするつもりなのかライが理解したのは、男がバスの後方扉に行って、そこで立っているようライを手招きしたときだった。ライはもっぱら好奇心からそのとおりにした。警官であろうとなかろうと、この男なら馬鹿げた喧嘩をどうにかして止められるかもしれない。

男はバスの前方に歩いていった。通りの側にあって開いている運転席の窓から、車内になにかを投げ込むのが見えたようにライは思った。ライが曇りガラスの窓から車内を覗き込もうとしていると、人々は後方扉からよろめき出てきた。息を詰まらせ、涙を流している。ガスだ。

ライは倒れそうになった年寄りの女をつかんで支え、転んでしまって踏まれそうになっている二人の小さな子どもを抱き降ろした。ひげ面の男が前方扉のところで人を手助けしているのが見えた。喧嘩をしていたひとりが荒っぽく突き飛ばした年寄りの男を、ライはさっと支えた。その老人の体重でよろめいたせいで、最後の若者が出てきたときにはあやうくぶつかるところだった。その男は鼻と口から出血しており、べつの男にぶつかり、二人はガスで涙を流したまままやみくもにつかみ合った。

ひげ面の男は前方扉から運転手が出てくるのを手伝ったが、運転手のほうは助けをありがたいとは思っていないようだった。一瞬、そこでも喧嘩がはじまるものとライは思った。運転手が脅すようなしぐさを見せ、言葉のない怒りで叫ぶのを、ひげ面の男は下がって眺めていた。ひげ面の男はじっと立ったまま音を発さず、明らかに卑猥なしぐさを向けられても応じようとはしなかった。もっとも損傷の少ない者たちに見られる傾向だ――身体的に危険が及んでこないかぎりは離れていて、自制できない者たちが叫んだり跳ね回ったりするのは放っておく。まるで、より理解力の低い者たちのように怒りっぽくなるのは自分の本分にもとるとでも思っているかのように。それは優越感の誇示なのだ、とバスの運転手のような人々は受け止めていた。そうした優越感は、しばしば殴打によって、ときには死によって罰せられた。ライ自身も間一髪の危険な目に遭ったことが何度もあった。その結果、丸腰で出かけることは一度もなかった。そして、共通語といえば身体言語しかないこの世界では、武器を持ってさえいればたいてい十分だった。銃を抜く必要も、見せつける必要もほとんどなかった。

　ひげ面の男のリボルバーはつねに見えていた。どうやら、バスの運転手にとってはそれで十分だった。運転手は唾を吐いて不快感を示し、ひげ面の男をもうしばらく睨みつけると、ガスの充満する自分のバスに大股で戻った。しばらくバスをじっと見つめ、明らかに乗り込みたそうにしていたが、ガスはまだ濃く立ち込めていた。窓のうち開いているのは運転席のちっぽけな窓だけだった。前方扉は開いているが、後方扉は誰かが押さえていなければ開いたままにはならない。当然ながら、空調はとっくの昔に故障していた。車内の空気がきれいになるまでにはしばらくかかる。バスは運転手の財産であり、生活手段だった。運転手は古い雑誌に載っていた品物の写真を車体の側面に貼り、運賃としてなにを受け取るのかを示していた。そうして受け取った物で家族を養うか、交換に使うのだ。バスが走らなければ食べていけない。とはいっても、車内が馬鹿げた喧嘩でぼろぼろにされてしまえば、その場合もまともには食っていけない。運転手にはどうやらそれがわかっていなかった。彼にわかるのは、バスがふたたび使えるようになるまでしばらくかかるということだけだ。運転手はひげ面の男に向かって拳を振り回し、怒鳴った。その怒鳴り声のなかには言葉が含まれているようだったが、ライには理解できなかった。それが運転手のせいなのか自分のせいなのかはわからない。明瞭な人間の話し声を耳にしたことはこの三年間でほとんどなく、どれくらいそれを認識できるのかも、自分自身の損傷の度合いも定かではなかった。

ひげ面の男はため息をついた。自分の車をちらりと見ると、ライを手招きした。その場から去ろうとしているが、まずはライに対してなにかを求めている。いや、違う。彼女を連れていきたいのだ。制服を着ているとはいっても、男の車に乗れば法も秩序も消え失せる危険がある――もはや言葉すら消えてしまったのだから。

ライは首を横に振り、普遍的にわかる否定の返事をしたが、男は手招きし続けた。

放っておいて、とライは手を振った。男は損傷の少ない人にしては珍しく、まずいことになりかねない注目を自分と似た人に引きつけている。バスから降りた人々は、ライのほうを見るようになっていた。

喧嘩をしていた若者のひとりがべつの男の腕を軽くつつき、ひげ面の男を、そしてライを指し、最後に右手の指を二本立て、ボーイスカウトの挨拶から指を一本抜いたようなしぐさをした。その素早い動きの意味は、離れたところからでもすぐにわかった。ライはひげ面の男と一緒だとみなされたのだ。さあ、どうなる？

そのしぐさをした若者が、ライのほうに近づいてきた。

若者がなにをするつもりなのかはわからなかったが、ライは動かなかった。若者はライよりも十五センチほど背が高く、十歳くらい若いだろうか。その若者から走って逃げられるとは思えなかった。それに、助けが必要になっても誰かが助けてくれるとは思えない。まわりにいるのは見知らぬ人ばかりだった。

ライは一度だけ身振りをした――止まれ、と若者にはっきりと示した。その身振りを繰り返すつもりはなかった。幸いなことに、若者は止まった。卑猥なしぐさをして、ほかの男たちを笑わせた。話し言葉が失われたことで、新しい卑猥なしぐさが一気に増えていた。その若者は惚れ惚れするほど単純なしぐさで、ライがひげ面の男とセックスしていると言いがかりをつけ、その場にいるほかの男たちにもさせろと提案してきた――先陣を切るのは自分だ、と。

ライはうんざりした目で若者を見つめた。この男がライを強姦しようとしても、人々は傍観するだけだろう。ライが若者を撃っても、やはり傍観しているだろう。この男はそこまでやるつもりだろうか。

そうではなかった。次々に卑猥なしぐさを繰り出してもライが近くに来ないとわかると、若者は軽蔑するように背を向けて立ち去った。

そして、ひげ面の男はまだ待っている。正規のリボルバーを、ホルスターごと外していた。両手にはなにも持たず、ふたたび手招きした。間違いなく、銃は車のなかのすぐに手に取れるところにあるが、あえて外したという行動にライは感心した。この男は大丈夫なのかもしれない。独り身というだけかもしれない。ライ自身、もう三年も独りで生きてきた。病によって、子どもたちはひとりまたひとりと命を奪われ、夫も妹も、両親も命を奪われていった……。

さらに、その病は――それが病なのだとしたら――生き延びた者たちをお互いから切り離してしまった。国中で猛威を振るう病を、人々はソ連のせいにする時間もろくになく（といっても、ほかの国と同じくソ連も沈黙に陥っていた）、新種のウイルスや、新しい汚染物質や、放射能や、神の罰のせいにする時間もなかった……。病は脳卒中のような素早さで人々を襲い、その結果も脳卒中にいくぶん似ていた。ただし、かなり特殊だった。つねに、言語能力が失われるかひどく損傷を受けてしまう。取り戻せることは絶対にない。しばしば、麻痺や、知能の損傷や、死を伴う。

ライはひげ面の男のほうに歩いていき、二人の若者からの口笛や喝采、ひげ面の男に向けて親指を立てるしぐさを無視した。男がその二人に微笑みかけたり、なんらかの会釈でもしようものなら、ほぼ間違いなくライの気持ちは変わっただろう。見知らぬ人の車に乗り込めば命を失うかもしれないと考えたのなら、気が変わっただろう。そのかわり、ライは自分の家の向かいに暮らしている男のことを考えた。発症してから、その男はほとんど体を洗わなくなった。どこででも放尿するのが癖になった。すでに女を二人手に入れていて、それぞれが男の大きな菜園の世話をしている。男のことを我慢するかわりに守ってもらっているのだ。男はライに三人目の女になってほしいという意思をはっきりと示していた。

ライが車に乗り込むと、ひげ面の男はドアを閉めた。男が運転席に回り込むあいだ、ライは見張っていた――彼女の席のすぐそばに男の銃があったので、かわりに見張っておいたのだ。バスの運転手と二人組の若者が二、三歩近づいてきた。だが、ひげ面の男が車に乗るまではなにもしなかった。それから、ひとりが石を投げてきた。ほかの男たちもそれに続き、走り去る車にいくつか石が当たったが力なく跳ね返った。

バスをあとにしてそれなりに走ったところで、ライは額から汗を拭い、緊張をほぐしたいと思った。あのままバスが走っていれば、パサデナまでの道のりの半分以上は行けただろう。そうすれば、あとは十五キロちょっとを歩くだけになる。ここからだとどれくらい歩くことになるのだろう。そう自問して、長距離を歩くことだけが自分の心配事なのかと考え込んだ。

いつもであればバスが左折するフィゲロア通りとワシントン大通りの交差点で、ひげ面の男は車を停め、ライを見ると、行く方向を選んでほしいと身振りで伝えてきた。ライが左を指すと、男はほんとうに左に曲がったので、彼女は安心しはじめた。自分の指示したとおりに行ってくれるのなら、この男は安全なのかもしれない。

何ブロックも続く、焼け焦げて打ち捨てられた建物、空き地、壊されたか中身をはぎ取られた車の横を走りながら、男は金のチェーンを首から外してライに渡した。そこについているペンダントは、つるつるした、ガラスのような黒い石だった。黒曜石《オブシディアン》。この男の名前はロックかピーターかブラックなのかもしれないが、オブシディアンだと思うことにした。ところどころ穴の空いた彼女の記憶にも「黒曜石」といった名前は残っていた。

ライは自分の名前の印を渡した。大きな金色の小麦の形をしたピンだった。それを買ったのは、病と沈黙がはじまるずっと前だった。いまではそれを着け、自分が「ライ」に近づけるとしてもせいぜいそのピン止まりだと思っていた。オブシディアンのように以前の彼女を知らない人は、「小麦《ウイート》」だと思うだろう。それで構わない。自分の名前を誰かが言うのを耳にすることは二度とないのだから。

オブシディアンはそのピンを彼女に返した。それを取ろうと伸ばしたライの手をつかむと、親指で彼女の手のたこをさすった。

男はファースト通りに差しかかると車を停め、どちらに行けばいいのかまた訊ねた。そして、ライが指したとおりに右折すると、ミュージックセンターの近くで停車した。そこで、折りたたまれた一枚の紙をダッシュボードの上から取って広げた。市街地図だとライにはわかったが、紙に書かれている文字はまったく意味をなさなかった。男は地図を平らにすると、またライの手を取り、ある場所に人差し指を当てさせた。ライに、そして自分に触れ、床を指した。「いまはここにいる」ということだ。ライがどこに行くつもりなのかを知りたいのだろう。伝えたかったが、ライは悲しげに首を横に振った。読み書きの能力はもう失ってしまった。それがライのもっとも深刻な、そしてもっとも痛ましい損傷だった。ライはカリフォルニア大学ロサンゼルス校で歴史学を教えていた。フリーライターの仕事もしていた。いまでは、自分の原稿すら読むことができない。家いっぱいの本を読むことも、思い切って火にくべることもできなかった。そして記憶は、かつて読んだものの多くを蘇らせてはくれない。

ライは地図をじっと見つめ、計算しようとした。パサデナに生まれ、十五年間ロサンゼルスで暮らしてきた。いまはロサンゼルスのシビックセンターの近くにいる。二つの街の位置関係はわかっていた。通りも、方向も知っていたし、フリーウェイは車の残骸や破壊された立体交差で塞がっているかもしれないので使えないことも知っていた。どれがパサデナという文字なのかはわからなくても、パサデナを指す方法はわかるはずだ。

躊躇《ため》いがちに、ライは片手を地図の右上にある薄いオレンジ色の場所に置いた。ここで合っているはずだ。パサデナだ。

オブシディアンはライの手を持ち上げるとそこを見て、それから地図をたたむとダッシュボードの上に戻した。この人は文字が読めるのだ、とライは遅ればせながら気がついた。おそらくは、書くこともできる。出し抜けに彼のことが憎くなった——深く、苦々しい苦しみだった。この男にとっては、読み書きができたところでなんの意味があるだろう。いい大人になって警察ごっこをしているのに。だが、この男には文字の読み書きができて、ライにはできない。この先も読み書きができるようにはならない。ライは憎しみと不満と嫉妬で胸が悪くなった。自分の手からほんの十センチのところには、弾を込めた銃がある。

ライは自分をぐっと抑え、男を睨んだ。血が見えそうだった。だが、その強烈な怒りの波は高みに達すると引いていき、彼女はなにもしなかった。

なじみのある、ためらいがちな動きで、オブシディアンはライの手をつかもうとした。ライは彼を見た。彼女の顔にはっきりと出ていたのだ。人間社会の名残のなかでまだ暮らしている者であれば、その表情、嫉妬を見間違えることはない。

ライはぐったりと目を閉じ、息を深く吸い込んだ。それまでにも、過去に戻りたいと切望したり、現在を憎んだり、生きる意味がわからず絶望したことはあったが、そこまで強く誰かを殺したいという気持ちになったのは初めてだった。ようやく家から出てきたのは、自殺しそうになったからだ。なんのために生きているのかわからなくなった。もしかすると、そのせいでオブシディアンの車に乗り込んだのかもしれない。それまでは、そんな真似は一度もしなかった。

オブシディアンはライの口に触れ、親指とほかの指を動かしてお喋りするしぐさをした。話せるのか？　と訊ねていた。

ライが頷くと、彼の顔に控えめな羨望がよぎって消えていくのが見えた。これで二人とも、身の危険があることを認めたが、暴力沙汰にはならなかった。オブシディアンは自分の口と額を軽く叩き、首を横に振った。話すことはできないし、話しかけられても理解はできないのだ。ライは思った。病は私たちをもてあそび、それぞれがもっとも大事にしているものを奪っていったのではないか。

ライは彼の袖を引っ張り、手元に残った装備でたったひとりロサンゼルス市警を存続させようと決めたのはなぜなのかと訊ねようとした。それ以外では、いたってまともな男だ。家でトウモロコシや、ウサギや、子どもを育てていればいいものを。だが、どう訊ねればいいのかわからなかった。すると、オブシディアンが手を太ももに置いてきたので、またべつの質問に対処せねばならなくなった。

ライは首を横に振った。病気、妊娠、無力で孤独な苦しみ……それはごめんだ。

彼はライの太ももを優しく揉み、明らかに信じていない微笑みを浮かべていた。

三年間、ライは誰にも触れられていなかった。誰かに触れてもらいたいとも思わなかった。父親になる男が家に留まって子育てを手伝う気だとしても、こんな世界にわざわざ子どもを産みたいと思うだろうか。だが、心残りではある。オブシディアンには知りようがないことだが、ライにとっては魅力ある男だった——若く、おそらくは彼女よりも年下で、清潔で、自分が望むものを要求するのではなく頼んでいる。だが、そのどれも大したことではない。一生つきまとう結果に比べれば、ちょっとした楽しみなどなんだというのか。

オブシディアンに抱き寄せられ、ライはその親密さを一瞬だけ楽しむことにした。彼はいい匂いがした。男性的な、いい匂い。渋々ながらライは体を引いた。

オブシディアンはため息をつき、グローブボックスに手を伸ばした。なにが出てくるのかとライの体はこわばったが、出てきたのは小さな箱だった。そこに書かれている文字はライにはなんの意味もなかった。わからずにいると、オブシディアンは包装を破き、箱を開けるとコンドームをひとつ取り出した。目を向けられ、ライは最初は驚いて目をそらした。それから、くすくす笑った。くすくす笑うのはいつ以来なのか思い出せなかった。

オブシディアンはにやりと笑い、後部座席を指した。ライは声を上げて笑った。十代の頃ですら、車の後部座席は嫌いだった。だが、あたりの無人の通りと荒廃した建物を見回すと、車から降りて後部座席に入った。オブシディアンは彼女にコンドームを着けてもらいながら、その熱心さに驚いている様子だった。

しばらくして、二人はオブシディアンのコートをかぶって一緒に座り、また服を着た他人同士のような間柄に戻る気にはなれないでいた。オブシディアンは赤ん坊をあやすしぐさをして、訊ねるような目をライに向けた。

ライはごくりと喉を動かし、首を横に振った。自分の子どもたちは死んだのだ、とどう伝えればいいのかわからなかった。

オブシディアンはライの片手を取ると、人差し指で手のひらに十字を描き、また赤ん坊をあやすしぐさをした。

ライは頷くと指を三本立て、それから顔を背《そむ》け、唐突にあふれてくる思い出を締め出そうとした。それまでは、いま生きている子どもたちは可哀想だと自分に言い聞かせてきた。ダウンタウンのビルの谷間を走っても、そのビルがかつてなんだったのかも、どうやっていまの姿になったのかもはっきり覚えていないのだから。いまの子どもたちは、木と一緒に本も集めて火にくべようとしている。追いかけっこで通りを走り回り、チンパンジーのような声を発している。その子どもたちに未来はない。この先もいまの姿のままなのだ。

オブシディアンの手が肩に置かれると、ライは突然振り返り、彼の小さな箱をいじると、またセックスをしてほしいと促した。すべてを忘れて悦びに浸ることができる。いままでは、なにをしてもそうはならなかった。いままでは、夜が明けるたびに、ライはせずにすむように家から出てきたあの行為に近づいていた——口に銃を当てて、引き金を引くのだ。

ライはオブシディアンに、自分の家に行って一緒にいてくれるかと訊ねた。

オブシディアンはそれを理解すると、驚くと同時にうれしそうだった。だが、すぐには答えなかった。ようやく、ライが恐れていたように首を横に振った。警官ごっこをして女を拾うのが楽しくてやめられないのだろう。

ライはがっかりして、無言で服を着た。オブシディアンに対してはなんの怒りも湧いてこなかった。もしかすると、もう妻と家のある身なのかもしれない。それはありうる。病による打撃は、女よりも男のほうが大きかった。男のほうが多く死に、生き延びても損傷がより深刻だった。オブシディアンのような男は稀だった。女たちはもっと出来の悪い男でよしとするか、独りでいることを選んだ。オブシディアンのような男を見かければ、女たちはなにがなんでも引き留めようとするだろう。自分よりも若くて可愛い女に囲われているのではないか、とライは思った。

ライが銃を紐で留めていると、オブシディアンはそれに触れ、複雑な一連のしぐさをして、銃に弾は入っているかと訊ねた。

ライは厳《いか》めしい顔で頷いた。

オブシディアンはライの腕を軽く叩いた。

ライは今度は違った一連のしぐさをしてから、一緒に家に帰る気はあるかともう一度訊ねた。先ほどのオブシディアンはためらっているようだったからだ。口説き落とせるかもしれない。

オブシディアンはそれには答えずに後部座席から出ると、運転席に入った。

ライも助手席に移り、彼を見つめていた。するとオブシディアンは自分の制服の袖を引っ張り、ライを見た。なにかを訊ねられているとは思ったものの、それがなんなのか彼女にはわからなかった。

オブシディアンはバッジを外し、一本の指でそれをとんとん叩くと、自分の胸を叩いた。もちろんだ。

ライはその手からバッジを取り、自分の小麦のピンをそこに留めた。もし、警官ごっこをするのが彼のたったひとつのおかしな行動なのだとしたら、遊ばせてやればいい。制服からなにから、そのまま引き受けるつもりだった。ふと思った。自分と出会ったようにしてべつの女に出会えば、オブシディアンはいつか去ってしまうかもしれない。でも、しばらくは自分のものにしておきたい。

オブシディアンはまた市街地図を取り出し、軽く叩くと、おおまかに北東にあるパサデナのほうを指し、ライを見つめた。

ライは肩をすくめ、オブシディアンの肩を、そして自分の肩を軽く叩くと、念のため人差し指と中指をぴったりつけて上げた。

オブシディアンはその二本の指をつかみ、頷いた。一緒にいよう、と。

ライは地図を手に取ると、ダッシュボードの上に投げ捨てた。後ろのほう、南西の方角を指

そのガラスで誰かに傷を負わせるよりも、自分の手を切ってしまうのではないか、とライは思

ったが、女は店先の割れたガラス窓の破片をつかんだ。それを持って、追ってきた男のほうに向き直った。

女は店の扉を押し、施錠されていると知ると、追い詰められた目をあたりに走らせ、ついに

葉のようなものを叫びながら走っていた。片手になにかを持っている。銃ではない。ナイフかもしれない。

の前に逃げてきたのだ。女は無言で走っていたが、そのあとを少し遅れて追う男は、歪んだ言

起き直ってみると、通りに走り出てきたのは女だった。木造の古い家から、板でふさいだ店

わざわざその前に駆け出してくるとは。

隅に、誰かが車の前に飛び出してきたのが見えた。通りには車が一台しか走っていないのに、

ィアンが思い切りブレーキを踏み、ライはあやうく座席から放り出されそうになった。片目の

オブシディアンに抱き寄せられ、ライは彼の肩に頭を預けていた。そのとき突然、オブシデ

通りの向かいにいるあの獣は撤退し、ライが殺すはめにはならないかもしれない。

屋ある家は十分に広い。オブシディアンが持ち物を運び込んできても大丈夫だ。なによりも、

めてきたもの、取っておいたもの、そして育てているもので、二人分の食料には足りる。四部

席に背中を預け、また誰かと一緒にいるのはどんな感じだろうと自問した。それまで漁って集

オブシディアンはヒル通りを南下し、それからワシントン大通りを西に向かった。ライは座

と確かめる必要もない。もう独りではない。

しておける。三人の、右利きの男たち。もう、恐れていたように自分には身寄りがいないのだ

した——家に戻る方角だ。もうパサデナに行く必要はない。そこに兄と二人の甥がいるままに

った。

オブシディアンは車から飛び出ると怒鳴った。ライは初めて彼の声を耳にした——使っていなかったせいでしわがれた野太い声。話し言葉を失った人がするように、同じ音を何度も出した。「ダ、ダ、ダ!」

ライも車から降りると、オブシディアンは二人のところに走っていった。彼は銃を抜いていた。怖くなったライも自分の銃を抜き、安全装置を外した。誰かがこの一幕に引き寄せられてはいないかとあたりを見回した。男はちらりとオブシディアンを見ると、いきなり女に飛びかかった。女はガラスで男の顔を刺したが、男に腕をつかまれて二度刺された。そのとき、オブシディアンが男を撃った。

男は体を二つに折り、腹を押さえてよろめいた。オブシディアンは怒鳴り、それから女を助けに来るようライに身振りをした。

ライは女のそばに行き、自分の荷物のなかには包帯と消毒薬くらいしかないことを思い出した。女は助けようがなかった。細長い骨取り用ナイフで刺されたのだ。

ライはオブシディアンに触れ、女はもう死んでいると知らせた。オブシディアンは負傷した男の様子をかがんで確かめていた。倒れたまま動かないその男も死んでいるようだ。だが、ライがなにを言いたいのかと訝しんでオブシディアンが振り返ったとき、男は目を開けた。顔を歪め、ホルスターに戻したばかりのオブシディアンのリボルバーをつかむと撃った。銃弾がこめかみに当たり、オブシディアンは崩れ落ちた。

あっという間の出来事だった。一瞬遅れて、ライは自分にも銃を向けようとしている男を撃った。

そして、ライだけが残された。三つの死体とともに。

ライはオブシディアンのそばに膝をつき、涙はなく顔をしかめ、どうしてすべてが一変してしまったのかと途方に暮れた。オブシディアンはもういない。死んで、彼女を置き去りにしていった――ほかのみんなと同じように。

幼い子どもが二人、男と女が走り出てきた家から姿を見せた。三歳くらいの男の子と女の子だった。二人は手をつなぎ、通りを横切ってライのほうに来た。ライをじっと見つめ、それからすぐそばを通り過ぎると、死んだ女のところに行った。女の子が女の片腕を揺さぶる様子は、まるで目を覚ましてもらおうとしているかのようだった。

あんまりだ。ライは立ち上がり、悲しみと怒りで心底胸が悪くなった。子どもたちが泣き出せば、自分は吐いてしまうだろうと思った。

この子たちは独りぼっちだ。ものを漁れるくらいの年齢ではある。ライはこれ以上の死別の悲しみは求めていなかった。成長しても毛のないチンパンジーにしかならないような、赤の他人の子どもたちを求めてはいない。

ライは車に戻ろうとした。少なくとも、家まで車に乗っていくことはできる。運転のやり方は覚えていた。

オブシディアンを葬ってやるべきだ。車にたどり着く前にその思いが胸をよぎり、ライはほんとうに吐いた。

彼に出会ったと思ったら、もう失ってしまった。安全で快適にしていたところをいきなりさらわれ、意味のわからない殴打を食らったようなものだ。頭のなかがまとまらない。思考できなかった。

どうにかオブシディアンのもとに戻って見つめた。自分でも気がつかないうちに、彼のそばで両膝をついていた。オブシディアンの顔を、ひげを撫でた。子どものひとりが音を立てたので、ライは二人を、そしておそらくは母親であろう女を見つめた。子どもたちはライを見つめ返し、明らかに怯えていた。ひょっとすると、ようやく二人の恐怖がライに伝わったのかもしれない。

ライは走り去って二人を置いていこうとしていた。あやうく去って、二人の幼児を野垂れ死にさせるところだった。ほんとうに、もう死はうんざりだ。子どもたちを連れて帰らねばならないだろう。それ以外の判断をしてのうのうと生きていくことはできない。三人の亡骸《なきがら》を埋める場所はないかとあたりを見回した。二人でもいい。この人殺しが子どもたちの父親だったのだろうか。沈黙がはじまる前、警察はいつも、出動するときにとりわけ危険なのは家庭内騒動の通報だと言っていた。オブシディアンもそれは知っておくべきだった――といっても、知っていたとしても車から出ていっただろう。ライにしても、車に留まりはしなかっただろう。あの女が殺されるのを目にしておきながらなにもしないわけにはいかない。

ライはオブシディアンを車へ引きずっていった。地面を掘る道具は持っていない。掘っているあいだ守ってくれる人もいない。亡骸を運んでいって、自分の夫や子どもたちのそばに葬ってやるほうがいい。形は違うが、オブシディアンはライとともに家に帰ることになる。

オブシディアンを後部座席の床に寝かせると、ライは女のところに戻った。痩せた汚い体の、厳粛な様子の女の子は立ち上がると、そうとは知らずにライに贈り物をした。ライが女の両腕を持って引きずっていこうとすると、女の子は声を張り上げたのだ。「だめ！」

ライはつかんでいた腕を落とし、茫然と女の子を見た。

「だめ！」女の子は繰り返した。女のそばに立った。「どっか行って！」とライに言った。

「しゃべっちゃだめ」男の子が女の子に言った。不明瞭でも、混ざり合った音でもなかった。二人とも言葉を話し、ライにはそれがわかった。男の子は人殺しの死体を見つめ、そこからさらに遠ざかった。女の子の手を握った。「しずかに」とささやいた。

すらすら話している！　女が死んだのは、話すことができて、それを子どもたちに教えたせいだろうか？　夫のわだかまる怒りか、見知らぬ人の嫉妬の炎によって殺されてしまったのだろうか？　そして、この子たちは……沈黙のあとに生まれたに違いない。ということは、病はもう終わったのだろうか？　それとも、この子たちは単に免疫があったのだろうか？　間違いなく、病にかかって言葉を失うだけの時間はあったはずだ。ライは未来に思いを馳せた。もしも、三歳以下の子どもは危険がなく、言語を学ぶことができるとしたら？　教師たちさえいればいいのだとしたら？　教師たちと、守ってくれる人たちさえいれば。

ライは人殺しの死体をちらりと見た。恥ずかしいことに、それが誰であれ、その男を突き動かした感情を少しは理解できる気がした。怒り、不満、無力感、正気を失うほどの嫉妬……同じような人はどれくらいいるのだろう。自分が手に入れられないものを壊してしまおうとする人は。

オブシディアンは人を守っていた。なぜなのかは誰にもわからないが、その役目を買って出ていた。ひょっとすると、時代遅れの制服を着て市内をパトロールすることで、自分の口に銃を突っ込まずにすんでいたのかもしれない。そして、守りがいがあるものに出会ったときに死んでしまった。

ライは教師だった。いい教師だった。人を守ってもいたが、守っていたのは自分だけだった。生きていく理由がなくなっても、それでも自分の命を守っていた。もし、病がこの子たちに触れていないのだとすれば、この子たちの命を守ることができる。

ライは死んだ女をどうにか両腕で抱え上げ、車の後部座席に乗せた。子どもたちは泣き出したが、ライは舗装が壊れた歩道に膝をつき、ずっと使わないままだった声が耳障りになっていて怯えさせてしまわないかと思ってささやきかけた。

「大丈夫だから」とライは言った。「私たちと一緒に行きましょう。さあ」ライは片腕にひとりずつ抱き上げた。二人の体はほんとうに軽かった。ちゃんと食べていたのだろうか。

男の子は片手でライの口を塞いだが、ライは顔をよけた。「私は喋ってもいいの」と男の子に言った。「近くに誰もいなければ大丈夫」男の子を車の助手席に座らせると、なにも言われなくても男の子は体をずらして女の子が座れるようにした。二人とも車に乗ると、ライはウィンドウにもたれかかって眺めた。子どもたちは前と比べて怖がってはいない。少なくとも、恐怖と同じくらい好奇心のある目でライを見ている。

「私はヴァレリー・ライ」とライは言い、その響きを味わった。「私には喋ってもいいから」

あとがき

「話す音」は倦怠《けんたい》感、憂鬱、悲しみのなかで生まれた。書きはじめたときは人間に対する希望も好意もほとんどなかったのが、物語の終わりになると希望が戻ってきていた。どうやら、いつもそうなるらしい。「話す音」を執筆した経緯は以下のとおりだ。

一九八〇年代初め、親しかった友達が多発性骨髄腫で余命いくばくもないことがわかった。とりわけ危険で、痛みのひどいがんだった。それまでにも年老いた親戚や家族の友人を亡くすことはあったが、自分の友達を亡くしたことはなかった。若い人が病気のせいでゆっくり苦しみながら死んでいくのを見たことはなかった。その友達は一年間持ちこたえた。私は毎週土曜日になると彼女を訪ねていって、当時書いていた小説の新しい章を渡すのが習慣になった。そのときは『クレイの方舟』だった。病気と死についての物語だったから、その状況にはどう見ても不適切だった。でも、その友達はずっと私の小説を読んでくれていた。今回の小説も読みたいと言って譲らなかった。私たちのどちらも、彼女が完成版を読めるころまで生きているとは信じていなかったと思う。でももちろん、そんな話はしなかった。

彼女に会いに行くのはつらかった。いい人、大好きな人が、目の前で死につつあるなんて。それでも、土曜日になると私はバスに乗り——車の運転はできない——病院か彼女のアパートメントに向かった。彼女はやせ細り、痛みのせいで気難しくなった。私はさらに落ち込んだ。

ある土曜日、私は混み合って臭いのきついバスの座席に座り、足の肉に食い込んだ親指の爪を踏まれないように、恐ろしいことは考えないようにしていた。そのとき、ちょうど向かい側でトラブルがはじまりそうになっていることに気がついた。ある男が、べつの男から向けられた目つきが気に食わないと思ったのだ。まったく気に食わない！　混み合ったバスに押し込まれていると、どこに目を向ければいいのかわからない。

押し込まれた男は、なにもおかしなことはしていないと反論した——そのとおりだった。彼はじりじりと出口に向かい、まずいことになりかねない状況から出ていこうとしているかのようだった。それから向き直ると、またじりじりと口論に戻った。プライドのせいかもしれない。どうして自分が逃げねばならないのか、と。

今度は、相手の男は自分の隣に座っている恋人に不躾な視線が向けられていると考えた。殴りかかった。

喧嘩は短く、流血沙汰になった。私を含めたほかの乗客は頭を引っこめ、怒鳴り、殴られまいとした。最後には、殴りかかった男とその恋人は、運転手に警察を呼ばれては困るとバスから降りた。そして、プライドのある男は血を流してぐったりとなり、なにが起きたのかよくわからないという目をあたりに向けていた。

私は席から動かず、かつてなく落ち込んでいた。そのどうしようもなく愚かな一幕がほんとうに嫌だったし、人類はなんらかの拳を使わずに意思疎通ができるようになるのだろうかと考え込んでいた。

すると、物語になるかもしれない書き出しの一文が思い浮かんだ。「ワシントン大通りを走るバスに乗っていると、トラブルが起きた」

交差点

その日の仕事は、J9コネクタを配線にはんだ付けする作業で、彼女はほかの従業員の倍の数をこなすように言われた。もちろん彼女はやってみせたが、生産ラインの先にいる女の子たちが見劣りすることになり、その反感を買っただけだった。昼休みになると、彼女が隅に独りでいるテーブルに二人の女の子が来て、もっとゆっくりやれと言ってきた。万事がそんな調子だった。働きぶりがよければ、ほかの従業員たちに恨まれ、現場監督の男からは無視される。働きぶりが悪ければ、ほかの従業員たちからは無視され、監督には評価書に「勤務態度不良」と書かれる。二年間も昇給がないままだった。新しい職場で一からやり直すにしても、そこの人たちはもっとひどいかもしれない。その不安がなければ、とっくにやめていただろう。

午後のあいだはずっと、アスピリンを二、三錠飲んで眠りたい一心だった。もう三か月も頭痛がなかったので、今回の痛みは怖かった。

だが、いつものように、最後まで仕事をした。家路につくと、空腹になったので、夕食か缶詰でも買おうと店に寄っていくことまでした。近道をして、スーパーではなく酒屋に行くことにしたのは、頭痛のせいだった。頭痛のせいだ。

酒屋は職場からほんの二ブロック離れた角にあった。向かいにはビリヤード場とバーが、近くには安いホテルがある。そのせいで、店はある種の人々が集まる場所になっていた。

彼女がやってくると、角には人だかりがあった。いつもの酔っぱらいや娼婦たちのほかに、十代の少年たちの一団がいて、退屈しのぎに彼女に目をつけた。しばらくは仲間内でひそひそ話しては笑い声を上げていた。そして、彼女が通り過ぎようとすると、冷やかしてきた。

「おいジェフリー、お袋が通るぞ！」

「ねえちゃん、車に顔をひかれるなんて不注意もいいとこだろ！」

「あのさ、こいつがモノにしたいんだってさ！」

アル中の男がにじり寄ってきた。「なあベイビー、俺の部屋に行こうぜ」

彼女はその男が振りまくアルコール臭からさっと離れると、店に入った。店員は分け隔てなく無礼で、それは彼女に対しても同じだった。その店員も、ほかの男たちも、どうでもいい。

彼女が店から出ると、先ほどのアル中の男が腕をつかもうとしてきた。

「なあって。そんなに急ぐことないだろ、ちょっと話をしようや……」彼女は走るようにしてその場を離れ、どうにか嫌悪感を抑えた。置いていかれた男は通りの真ん中で立ったまま体を左右に揺らし、彼女の後ろ姿を睨んでいた。

ホテルに近づくと、狭い入口に誰かが立っているのに気づいた。その男は、顔がどこかおかしい。顔がどこか……。彼女はあやうく踵《きびす》を返して、アル中の男のところに戻りそうになった。ためらっていると、男は歩み出て近づいてきた。彼女は恐怖で目を見開き、さっとあたりを見回した。誰も、彼女に目を留めてはいない。アル中の男ですら、そこから離れようとしていた。

「無視したって俺は消えないよ」と男は言った。顔の左側には、目から顎まで達する切り傷があった。男が話したり、微笑んだり、顔をしかめたりすると傷も動いたので、彼女はそれを見つめていればほかのすべてを無視することができた。男の言葉を耳に入れずにいることもできた。傷を見つめつつ、素早く頭のなかをまとめた。

「じゃあ、出てきたってことね」彼女の声には苦々しさだけがあった。

男が笑い声を上げると、傷はミミズのようにのたくった。「今日の朝な。迎えに来てくれてると思ってた」

「思ってなかったくせに。三か月前に、私からしたら永遠にムショ暮らしでも全然いいって言ったでしょ」

「そのときだって本気じゃなかったろ。それに九十日経った。けっこう長い時間だ」

「喧嘩する前にそれを考えとけばよかったんじゃないの」

「だよな。俺を殴ってナイフを抜くやつがいたわけだ。喧嘩沙汰はもうやめてってお前に言われたのを思い出す余裕はたっぷりあったよな」男は言葉を切った。「あのな、俺が入ってるあいだに一回くらい会いに来てくれてもよかっただろ」

「悪かったと思ってる」心のこもっていない口調。それを隠そうともしていない。

男は不愉快そうな音を発した。「お前がなにかを悪いと思ってるなんて日には……」

「わかった、べつに悪いなんて思ってない。どうだっていい」彼女は鋭い目つきで男に言葉を浴びせた。「今度ムショに入るときには会いに来てくれるような子を見つけたら？」

男は口を開いたが、切り傷はほとんど動かなかった。「三か月ですっかり変わったってか？」

「なにもかも変わった」

「俺のことを忘れてしまえるような男ができた。そういうことか？」

今度は、彼女は芯まで苦々しい笑い声になった。「ひとりしかいないとでも思ってんの？何十人もいるよ。あの角のところにいる男たちが見えなかった？　みんな私に近づきたくてウズウズしてるんだから！」

男は静かな声になった。「わかった。わかったよ。静かにしろ」片腕を彼女の体に回し、彼女のアパートメントに向かって歩きはじめた。

二人が食事をしてセックスを終えたあと、彼女は両手で頭を抱えて座り、男が話しているあいだなにも考えないようにしていた。ずっと男の言葉を無視していたが、そのうち、答えたくなる質問が出てきた。

「ちゃんとした見た目の男が現れて、その工場とかゴミ溜めみたいなこの暮らしから救い出してくれたら、ついでに……俺からも救い出してくれたらとか思わないのか？」

「ちゃんとした見た目の男が、私になんの用があるわけ？」

それには答えず、男は言った。「まだ薬用のキャビネットには睡眠薬のあの瓶が入ってるか？」

彼女が答えずにいると、男は自分で確かめに行った。「いまは処方箋なしのやつか」と、戻ってくると言った。「ほかの薬はどうなった？」

「トイレに流した」

「なぜそんなことを？」

それにも彼女は答えなかった。

しばらくすると、男は口調を和らげた。「いつやった？」

「私が……あんたがムショに入れられたとき」

「それで、もう俺の顔を見ることはないって行動に出たわけだ」

「そう思ってた」

「お前と同じで、俺だって死にたくはないんだ」

彼女ははっと顔を上げて男を見た。そんな話をするほど愚かではないはずだ。彼女を傷つけようとしての言葉だ。それだけだ。

「三か月前の生活に舞い戻るくらいなら、死んだほうがまし」

「じゃあ、なぜ薬を捨てた？」

「生きていけるように。あんたなしで」

男は微笑んだ。「で、俺なしでは生きていけないと思ったのはいつだ？」

彼女はベッドのそばにあるガラス製のどっしりした灰皿を投げつけた。狙いを大きく外れ、男の後ろにある壁を凹ませ、三つに割れた。

男は灰皿のかけらから彼女に目を移した。「俺を殴ろうとするほうが説得力があったな」

彼女は泣き出し、気がつかないうちに泣き声が金切り声に変わっていた。「出てって！　私をほっといて！　ほっといて！」

男は動かなかった。

すると、いったいなんの騒ぎかと、隣に住む女が玄関扉を大きな音で叩きはじめた。彼女は心を落ち着かせて扉を開けたが、なんでもありませんとその女に説明していると、男が後ろにやってきた。振り返らなくても、そこに立っていることがわかった。それでも、どうにか自制心を失わずにいると、隣人の女は言った。「ここに独りでいるなんて、きっと寂しいでしょう。うちの部屋に来て少しおしゃべりしていったら？」

まるで、隣の女に子どもっぽい馬鹿な冗談を言われているようだった。冗談に違いない。どうにかして、彼女は泣き崩れることなくその女を追い払った。

そして振り返ると、男を睨みつけた――ハンサムだったことなどない顔をさらに台無しにする切り傷を。彼女は首を横に振ると、また泣き出したが、自分の涙は気にしなかった。男はちゃんとわきまえていて、彼女には触れなかった。

しばらくして、彼女はコートを手に取ると外に出ようとした。

「俺も行くよ」

彼女が向けた目つきには、その日に溜め込んだ悪意のすべてがあった。「好きにすれば」初めて、男の目に恐怖の色が見えた。

「どこに行くんだ？」

「今日、通りで私を待ってなくてもよかったのに。さっきドアのところに来なくてもよかった。べつに話なんかしなくたって……」

「ジェーン、どこに行くんだ？」

彼女は自分の名前がなにより嫌いだった。付き合っているあいだ、男は二回くらいしかその名前を口にしなかったはずだ。彼女は男の鼻先に叩きつけるようにして扉を閉めた。

「あんたにいてほしかったなんてお笑い草よね」直接そう言ってやればよかったと思ったが、どうでもいい。それもまた、勇気がなくてできなかったことだ。できなかったことはほかにもあった。孤独を受け入れる、死につつあることを受け入れる……。

来た道を戻って酒屋に行った。少年たちはいなくなっていたが、あのアル中の男はまだいた。電信柱にもたれかかり、持っている袋のなかに入った酒瓶の形がはっきり浮き出ている。

「戻ってきたってか」男は少し離れて話しかけることはできなかった。彼女の目の前に顔を寄せてきた。彼女は吐くまいとどうにかこらえた。

男は袋を彼女に押し付けた。「よかったら、これやるよ。部屋にも少しあるしな……」

彼女はしばらくその瓶を見つめると、ひったくるようにして取った。味わったり考えたり、喉を詰まらせたりする隙を自分に与えずに飲んだ。人生のほとんどを、酔っぱらいの近くで過ごしてきた。それなりの量を飲んでしまえば、すべてがどうでもよくなることは知っていた。

アル中の男に連れられて、ホテルに向かった。通りの先から、顔に切り傷のある男が向かってくる。彼女は瓶からもうひと飲みすると、その男が消えるのを待った。

あとがき

かつて、工場や倉庫、食品処理場やオフィスや小売店でろくでもない仕事をしていたときはいつも、相当変わった人が一人か二人はいた。その人たちのことはみんな知っていた。薬物治療中の人もいた。そうでない人もいた。だが、治療中だろうとそうでなかろうと、深刻な問題を抱えているのは見ていてわかった。

私もそんな人の仲間入りをしてしまうのかと思うと怖かった。じりじりとした退屈な仕事のせいで人の頭がおかしくなってしまうのだと思っていた。一緒に働いている人たちのほとんどから、すでにかなりの変人だと思われている気がした。休憩時間になると書き物をしていたし、早起きして家で執筆するせいで疲れていて気難しかった。

「交差点」は、そのころの経験から生まれただけでなく、そのころに生まれた作品でもある。一九七〇年、〈クラリオン〉のSF&ファンタジー・ワークショップが開催されていた夏に書いた。〈クラリオン〉に参加したが、ひとつも短編を買ってもらえなかった。そのとき、当時〈クラリオン〉のディレクターだったロビン・スコット・ウィルソンが「交差点」を、ハーラン・エリスンがべつの短編を買い取ってくれた。私は有頂天だった。作家として生きていけるのだと思った。もう失敗もしないし、くだらない仕事もしなくていい。実際には、その次になにかが売れるまでの五年間、掲載不可の通知と恐ろしい半端仕事の日々が私を待っていた。

「交差点」の主人公と違って、私は幻覚を見たりアルコールに逃避したりするようにはならなかった。とはいえ、どこで働くにしても挙動不審な人たちは目についたし、私が横道に逸《そ》れたときには、その人たちのようになるのが怖くて、タイプライターの前に戻った。

二つのエッセイ

前向きな強迫観念

1

私が六歳になるまで、夜になると母は本の読み聞かせをしてくれた。でも、母はいつも不意打ちを食らわせてきた。私が物語にすっかり引き込まれたところでこう言うのだ。「これがその本よ。あとは自分で読みなさい」そのときの母は、それがどういう未来につながるのかわかっていなかった。

2

「思うんだけど」ある日、母は十歳の私に言った。「誰だって、これだけは得意だっていうことがあるはず。それがなにかわかるかどうかが大事なのよ」

私たちはキッチンの、ガスコンロのそばにいた。母に髪をまっすぐにしてもらいながら、私は誰かのお下がりのノートにかがみ込んで書いていた。何年も頭のなかで練っていた物語をいくつか書いておこう、と思ったのだ。読む物語がないときは、自分で物語を作ることを覚えていた。そしていまは、物語を書くことを覚えようとしているのだ。

3

私は恥ずかしがり屋だった。人や世間が怖かった。世の中が自分を傷つけるとすればどうやってなのか、そもそも自分を傷つけてくることがありうるのか、といったことを考えてくよくよしてばかりいた。ただただ不安だった。

ぼんやりした恐怖感を抱えつつ、初めて書店にこっそり足を踏み入れた。小銭を貯めて、どうにか五ドルほどになったのだ。一九五七年のことだった。十歳の子どもにとって、五ドルは大金だった。六歳のころから地元の図書館は第二の家のようなものだったし、中古本ならかなりの数を持っていた。でも、そのときは新品の本がほしかった。自分で選んで、持っておける本が。

「子どもも入っていいんですか?」書店に入るとまず、レジのところにいる女性に訊ねてみた。黒人の子どもでも入れるのですか、と訊きたかったのだ。ルイジアナの田舎で生まれ、厳しい人種隔離の現実で育った母からは、カリフォルニアだからってどこでも入れてもらえるとはかぎらないんだよ、と言われていた。

レジ係の人は私をちらりと見た。「もちろん入っていいですよ」と言った。そして、あとから思いついたように微笑んだ。私はほっとした。

生まれて初めて買った本には、いろんな種類の馬の特徴が載っていた。二冊目に買ったのは、星や惑星、小惑星や衛星や彗星についての本だった。

4

伯母の家で、キッチンで話をしていたときのことだ。伯母はいい匂いの料理を作っていて、私はテーブルの前に座って眺めていた。贅沢なひとときだ。自分の家にいたなら、母の手伝いをさせられただろう。

「大きくなったら作家になりたい」と私は言った。

「そうなの?」伯母は言った。「それはいいわね。でも仕事もしなくっちゃ」

「作家を仕事にする」と私は言った。

「書くのはいつでもできるでしょう。いい趣味になる。でも、お金は稼がなきゃ」

「作家で稼ぐ」

「バカなこと言わないで」

「本気だよ」

「あのね……黒人は作家にはなれないよ」

「どうして?」

「無理なものは無理」

「黒人だってなれるはずだよ!」

なにに口答えをしているのか自分でもわかっていないとき、私はとりわけ頑固な子どもだった。自分の知るかぎり、生まれてから十三年間、黒人が書いて出版されたという文章を読んだことはなかった。伯母は大人だった。私よりも世の中のことをよく知っていた。もし、伯母の言うとおりだったら？

5

恥ずかしがりな性格はクソだ。

可愛らしくも、女らしくも、魅力的でもない。苦しくて、クソみたいだ。

子どものころから思春期にかけて、私は地面を見つめてばかりいた。地質学者にならなかったのが不思議なくらいだ。声も小さかった。「もっと大きな声で！　聞こえないよ」といつも言われていた。

学校で習う説明文や詩は暗記したが、暗唱させられそうになると泣いてどうにかごまかしていた。勉強していないと叱ってくる先生もいた。頭がよくないのだから仕方がないと許してくれる先生もいた。恥ずかしがり屋なのだと見抜いた先生は二、三人だけだった。

「ひどい引っ込み思案だね」と言う親戚もいた。

「物静かで上品ね」と、気遣いのできる母の友人たちは言った。

自分は醜くて、ばかで、不器用で、社交性のかけらもないのだ、と私は思っていた。人目を引けば、そうした欠点がばれてしまうとも思っていた。消えてしまいたかった。なのに、身長は一八〇センチまで伸びた。そんなに背が伸びたのはわざとなのだから冷やかされても文句は言えまい、と男子たちに思われてしまった。

私はピンク色の大きなノートのなかに隠れた。何百枚も紙を入れておけるくらい大きなノートだ。そこに自分だけの世界を作った。そこでなら、魔法の馬や、火星人や、霊能者になれる……。そこでなら、ここではないどこかに、いまではないいつかに行けて、こんな人たちから離れていられる。

6

母は日中働いていた。雇用主が捨てた本はなんでも持って帰ってくるのが常だった。母は学校には三年間しか通わせてもらえなかった。そのあとは働かされた。長女だったせいだ。本や教育の素晴らしさを信じる気持ちは強かった。自分には与えられなかったものを、娘には与えたいと思っていた。どんな本が娘の役に立つかわからなかったから、捨ててある本はすべて持って帰ってきた。古くて黄ばんだ本や、表紙がなくなった本、書き込みのある本、クレヨンで落書きした本、なにかの染みがついた本、切られていたり破られていたり、一部が焦げている本を、私は持っていた。それを木箱や中古の本箱に入れておいて、読みたい気分になったら読んでいた。もらったときの私よりずっと年上向けの本もあったが、私はそれに合わせて背伸びすることで成長していった。

7

手元にある古いランダムハウス辞典によれば、「強迫観念」とは「しつこく残り続ける考えやイメージや欲望などにより、人の思考や感情が支配される状態」とある。強迫観念といっても、前向きなものであれば人の役に立つこともある。強迫観念を使うというのは、アーチェリーで慎重に狙いを定めるようなものだ。

私は高校でアーチェリー部だった。そこに入ったのは、チーム競技ではなかったからだ。チーム競技によっては好きなものもあるが、アーチェリーが上手いか下手かは自分の努力で決まる。誰のせいにもできない。私は自分がどれだけやれるか知りたかった。高いところに狙いを定めることを学んだ。標的の上を狙う。そこだ。力を抜く。放つ。きちんと狙えていれば、真ん中に命中させられる。私から見て、前向きな強迫観念とは、自分自身の狙い、自分の人生の狙いを、選んだ目標に定めることだった。自分がなにを求めているのかを決める。高いところを狙う。それを目指す。

私は物語を売って稼ぎたかった。タイピングを覚える前から、物語を売りたかった。母が買ってくれたレミントンの携帯用タイプライターを人差し指でつついて物語を打ち込んだ。どうしてもほしい、と十歳のときにねだって、買ってもらったのだ。「甘やかしすぎだよ！」と母に言う友達もいた。「あの歳で、タイプライターでなにをするっていうの？　そのうちクローゼットで埃をかぶるにきまってる。なんて無駄遣い！」

理科のパーフ先生に、私の作った物語をひとつタイプしてくれませんかと頼んでみた。文字を消すための穴とか二重打ちのない、正しい打ち方で。先生はやってくれた。私のひどい綴りや句読点を直すことまでしてくれた。いまでも、私はそのことに驚き、感謝している。

8

書いた物語を出版するためにどうやって投稿すればいいのか、私はまるでわかっていなかった。図書館にある創作についての本を読んで時間を無駄にしていた。そんなとき、〈ザ・ライター〉という、聞いたこともない雑誌が一部捨ててあるのを見つけた。そのおかげで、ほかの号も読もうと図書館に戻り、ほかにも作家向けの雑誌を見てなにか役立つものはないかと探した。あっというまに、私は短編の投稿のやり方を知り、ひとつを郵送した。数週間後、私は人生初の掲載不可の通知をもらった。

もっと経験を重ねると、掲載不可の通知をもらうのは、自分の子どもが不細工だと言われるようなものだと私は思った。頭にくるし、なにを言われても信じはしない。それに、ほんとうに不細工な文学の子どもたちが世界中で出版されていて評判もいいんだから！

9

十代と二十代はもっぱら、掲載不可の紙を集めることで終わった。最初のころに、母は六一ドル二〇セントの損をしていた。「エージェント」なるものが、私の未刊行の短編のひとつを読んでくれたときの料金だ。誰も教えてくれなかったが、エージェントというのは前もってお金をもらいはしない。作品が売れるまでは支払う必要はないのだ。作品が売れれば、その売上がどれほどであってもその一〇％をエージェントは受け取ることになる。

無知とは高くつくものだ。その当時の六一ドル二〇セントは、母が払っていた一か月分の家賃よりも高かった。

10

私は友達や知り合いにしつこくせがんで作品を読んでもらっていた。みんな気に入ってくれたようだった。教師も読んで、優しい、役に立たない感想をくれた。でも、高校には創作の授業はなかったし、役に立つ批評もなかった。大学では（当時のカリフォルニアでは、短期大学はほぼ無料だった）、児童文学の作家である年配の女性が担当する授業を受講していた。私が書き続けているSFやファンタジーについて悪く言うことはなかったが、ついに苛立ってこう言ってきた。「なにかまともなものは書けないの？」

全校創作コンテストが開催された。応募はすべて無記名という条件だった。私の短編が最優秀に選ばれた。一年生で十八歳だった私は、もっと年上で経験もあるライバルたちを上回ったのだ。最高だった。賞金は一五ドル、それが創作で稼いだ最初のお金だった。

11

大学を出たあと、しばらくは事務仕事をして、そのあと工場と倉庫で働いた。私の体格と力の強さは、工場や倉庫向きだった。それに、誰かに笑顔を見せて楽しんでいるふりをする必要もない。

午前二時か三時に起きて執筆した。それから仕事に行った。仕事は嫌いだったし、黙って耐えるという才能もなかった。ぶつぶつ言って、次々に仕事を乗り換え、ひたすら掲載不可の通知を溜めていた。ある日、うんざりして全部捨てた。意味もない痛々しいものを取っておいてなにになるのか。

12

有害であるだけでなく、アメリカ文化の現実にもそぐわない不文律があるように思える。黒人であること、黒人女性であることは、実際に劣っているのではないかと自問してはならない、という掟だ——頭の良さが十分ではないのではないか、敏捷さが足りないのではないか、やりたいことをする能力が足りないのではないか。とはいえ、もちろん自問してしまう。自分は誰にも劣ってなどいない、と知っていることになっている。そして、もし知らないにしても、知らないと認めてはいけない。もし近くにいる人が知らないと言ったら、そんなことないよ、とすぐにとりなし、黙ってもらうことになっている。そうした話は気まずいものだからだ。タフで自信満々に振る舞うこと、迷いについては口に出さないこと。迷いにうまく対処できなければ、振り払うことはできないかもしれないのだが、まあそんなことはいい。みんなを騙すのだ。自分自身すらも。

私は自分を騙すことができなかった。迷いについてはあまり話をしなかった。その場しのぎの慰めを求めてはいなかった。でも、かなり考えた——同じことを、何度も何度も。

そもそも、私は何者だというのか。私の意見に誰かが耳を傾けるいわれなんてあるのか。

なにか意見などあるのか。なんといっても、SFとファンタジーを書いているのだ。そのころ、プロのSF作家といえばほぼ全員が白人男性だった。SFとファンタジーを愛しているとはいえ、自分はいったいなにをしているのか。
まあ、なにをしているにせよ、やめられなかった。前向きな強迫観念とは、不安になったとか迷いだらけになったからといってやめられないということだ。前向きな強迫観念は危険だ。なにがあってもやめられないということなのだ。

13

二十三歳のときにようやく、初めて短編が二つ売れた。どちらも、私が受講していたSF作家のワークショップである〈クラリオン〉で教えていた作家兼編集者が買ってくれた。ひとつは出版にまで漕ぎつけた。もうひとつは世に出なかった。そのあと五年間は、一単語も売れないままだった。そしてようやく、初めて長編小説が売れた。売れるまでにこんなに長くかかるなんて誰も教えてくれなかったことに感謝したい——教えられても信じなかっただろうが。それから、八冊の長編小説を売った。去年のクリスマスに、母の家のローンを完済した。

14

そんなわけで、私はSFとファンタジーを書いて生活している。知るかぎり、黒人女性ではいまだに私が唯一の存在だ（一九八九年現在）。ちょっとばかり人前で話をするようになったとき、よく訊かれたのは、「黒人にとってSFにはどんな意義があるのでしょう?」というものだった。たいてい、訊ねてくるのは黒人の人だった。あれこれ答えてはみたが、自分でも納得していなかったし、質問した人もそれは同じだっただろう。その質問が恨めしかった。どうして、自分の職業の正当性を人に証明せねばならないのか。

だが、それに対する答えは明らかだ。私の長編小説が初めて売れたとき、黒人SF作家として成功していたのは、サミュエル・ディレイニー・ジュニアただひとりだった。いまは四人いる。ディレイニー、スティーヴン・バーンズ、チャールズ・R・サンダース、そして私。たった四人だ。どうしてなのか。興味がないからか。自信がないからか。かつて、若い黒人女性にこう言われたことがある。「SFを書きたいとはずっと思っていたけど、そんなことをしている黒人女性はいないと思っていました」迷いはあらゆる形で顔を出す。それでも、私は質問される。黒人にとってSFにはどんな意義があるのか、と。

黒人にとって、どんな形式であれ文学にはどんな意義があるのか。

SFにおける現在や未来や過去についての思考には、どんな意義があるのか。警告したり、べつの思考や行動を考え出したりするSFの傾向にはどんな意義があるのか。科学や技術、社会組織や政治的な方向性を問い直すことにはどんな意義があるのか。最高のSFは、想像力と創造性を刺激する。読者と作者を、おなじみの道から外れたところ、「みんな」が言ったり、したり、考えたりしているひどく狭い小道から外れたところに導くのだ——目下の「みんな」というのが誰なのだとしても。

それが、黒人たちにとってどんな意義があるのだろう?

あとがき

この自伝的な文章は、もともと雑誌の〈エッセンス〉に、「ある作家の誕生」というタイトルをつけられて掲載された。雑誌がつけたタイトルは好きになれなかった。私は最初から「前向きな強迫観念」と題していた。

自分の人生のほとんどは読むか書くことに費やされているのだから、それについてさして面白い文章は書けない、と私はかねがね言っていた。いまでもそう思う。この文章を書けたことはうれしく思うが、書いていて楽しくはなかった。どう見ても、私に関して最高で面白いのは小説なのだ。

出版を目指して創作する、それは人生のなかでもっとも簡単かつ難しいことかもしれない。ルールを学ぶことは——ルールと呼べるものだとすれば——簡単なほうに入る。ルールを守り、日常の習慣にすることは、終わりのない苦闘になる。そのルールとは、以下のようなものだ。

1．読むこと。書くという技法と活動について読書すること。自分が書いてみたいと思うたぐいの作品を読むこと。出来のいい文学も出来の悪い文学も、フィクションもノンフィクションも読むこと。毎日読書し、読んだ本から学ぶこと。もし通勤しているとか、比較的単純な作業をする時間帯があるのなら、オーディオブックを聴くといい。もし、近くの図書館には最初から最後までの録音が入ったオーディオブックがあまりないということなら、〈レコードブックス〉、〈ブックス・オン・テープ〉、〈ブリリアンス・コーポレーション〉、〈文学の耳〉といった企業が、娯楽や生涯教育のためにかなり幅広いオーディオブックの品揃えを提供しているので、それを借りたり買ったりできる。そうすることで、言葉の使い方、言葉の響き、対立構造やキャラクター造形、プロット構築、無数の着想を、歴史や伝記や医学や科学などの本から得てじっくり考えることができる。

2．授業を受講し、作家のワークショップに参加すること。書くとはコミュニケーションである。自分が伝えているはずのことが相手に伝わっているか、それが伝わりやすく面白いだけでなく、なるだけ相手を惹きつける形でも伝わっているのかを知るためには、他人の存在が欠かせない。つまり、自分がいい物語を語っているのかどうかを知らねばならないのだ。読者をテレビのほうに追い払うのではなく、夜遅くまで読者を寝かせないような作家になることを目指すべきだ。ワークショップや授業では、自分の作品のために読者や聴衆を借りられる。教師と受講者からの感想や疑問や提案から学ぶこと。それらの人々は比較的見ず知らずの間柄なので、傷つけたり怒らせたりしないよう気を遣ってしまう家族や友人たちよりも、作品に関してほんとうのことを言ってくれる。文法の授業を取ったほうがいい、と耳が痛いことを言われて腹が立つかもしれない。そう言われたら、しっかり耳を傾けること。文法の授業を取ること。語彙と文法は、もっとも基本的な道具なのだから。語彙と文法をしっかり理解している人が、それをもっとも効果的に使用し、もっとも効果的に悪用することもできる。コンピュータープログラムや、友人や部下は、自分の道具についての健全な知識のかわりになることはない。

3．書くこと。毎日書くこと。書きたい気分だろうとそうでなかろうと、とにかく書く。一日のうち書く時間を決める。もしかしたら、一時間早く起きられるかもしれないし、一時間遅くまで起きていられるかもしれない。遊ぶ時間を一時間減らせるかもしれないし、昼休みを諦めることだってできるかもしれない。自分が選んだジャンルでなにも思いつかの着想を書き溜めておくにはちょうどいい。

4．可能なかぎり、書いたものは書き直すこと。読書や執筆や授業のすべては、その助けになるはずだ。自分の書いたもの、下調べ（下調べはけっしておろそかにしないこと）、原稿の物理的な見た目を確認すること。水準以下のものを絶対に見逃さない。なにか直したほうがいいものが見つかれば、言い訳せずに直すこと。自分の目にはとまらない、おかしなところは山ほどあるはずだ。自分にもはっきりわかる欠点をそのまま放置する、なんて間違いは犯さないこと。「気にしなくていい。そのままで大丈夫」という自分の声に気がつけば、立ち止まる。引き返す。欠点を直す。ベストを尽くすことを習慣にすること。

5．出版してもらうために作品を投稿すること。まずは、自分と相性のよさそうなマーケットをリサーチする。原稿を買ってもらいたいと思う出版社が出している本や雑誌を探し出して研究する。そして、作品を送る。送るのが怖いのなら、怖がってかまわない。不安になるのはご自由に。でも、どちらにしても作品は送ること。掲載不可になっても、めげずに何度でも投稿すること。掲載不可は心に刺さるが、避けることはできない。すべての作家にとっての通過儀礼なのだ。買ってもらえなかった作品を諦めてしまわないこと。あとで、新たな出版企画や、古い出版企画の新しい編集者が買ってくれるかもしれない。少なくとも、却下された作品からなにかを学ぶ気持ちは大事だ。その全体か一部を、新しい作品に使えるかもしれない。どのみち作家というものは、すべてを使えるか、少なくともすべてから学ぶことができるのだ。

6．ここからは、妨げになりうるので忘れたほうがいいものを挙げたい。

まず、「閃き」など忘れること。習慣のほうが当てになる。閃きがあろうとなかろうと、習慣は自分を支えてくれる。習慣によって、物語を完成させて磨くことができる。閃きはそうした助けにはならない。習慣とは、粘り強さを実践することだ。

「才能」を忘れること。もし才能があるのなら、それは素晴らしい。使うといい。才能がないとしても、それは問題ではない。閃きよりも習慣のほうが当てにできるのと同じく、才能よりも学び続けることのほうが当てにできる。学び、作品に磨きをかけ、必要であれば方向性を変えるにあたって、プライドや怠け癖に邪魔されないこと。どの作家にとっても、粘り強さは必要不可欠なものだ——作品を書き上げるための粘り強さ、掲載不可をもらっても書き続ける粘り強さ、読み続け、勉強し、作品を売るべく投稿する粘り強さ。だが、意地っ張りであったり、ためにならない行動を変えようとしなかったり、買ってもらえない作品を書き直そうとしないのなら、それは作家としての将来には致命的になるかもしれない。

最後に、想像力について心配しないこと。必要な想像力はすでにあるのだし、この先の読書や日記や勉強のすべてが、想像力を刺激してくるのだから。自分の発想で遊んでみること。楽しむこと。バカバカしいとか、異常だとか、間違っているとかいったことは心配しない。書くというのはほんとうに楽しいことなのだ。自分の興味、そして想像力に導かれるままにすることが第一だ。それができるようになれば、使いきれないほど多くを思いつくことになる。そのとき、それをひとつの物語に仕立てるというほんとうの作業がはじまる。それをやめないこと。

粘ること。

あとがき

この短いエッセイは、『未来の作家たち』というアンソロジーのシリーズのために書いた（『L・ロン・ハバードが贈る未来の作家たち　第九巻』）。若手作家の作品を紹介するというシリーズで、私のエッセイは、若手作家たちに向けて行った講演をまとめたものだ。

エッセイの最後のひと言が、もっとも重要だ。創作とは大変だ。人からの励ましもなく、独りでやらねばならないし、いつか出版されるとか、お金をもらえるとか、そもそも書きはじめた作品を完成させられるという確証もない。そんななかで粘るのは大変だ。だから、このささやかで優しいエッセイのタイトルは「書くという激情」にした。「激情」、「前向きな強迫観念」、「書かずにはいられない燃えるような思い」——好きな表現を使えばいい。それは役に立つ感情なのだ。

取材を受けると、インタビュアーから「才能」や「天賦の才」を褒められたり、どうやってそれに気がついたのですかと訊ねられることがある（よく知らないが、それはクローゼットに入っているかどこかの路上に落ちていて、見つけてもらうのを待っているのかもしれない）。かつてはその質問に対して失礼にならないようにしつつ、自分は文才というものを信じていないと説明するのに苦労した。書きたいという人は、書くか書かないかのどちらかなのだ。そのうちに、私もはっきり言うようになった。自分のもっとも重要な才能というか習慣は、「粘り強さ」なのだ。それなしでは、最初の長編小説を書き終えるはるか前に筆を折っていただろう。ただ諦めようとしないことによって、私たちには驚くようなことができる。

いままでの取材や講演、さらにはこの本で私が言ったなかで、いちばん大事なのはそのことだという気がする。文学以外にも当てはまる真理だ。重要だが難しく、怖れてしまうようなことすべてに当てはまる。私たちはみな、ふだん考えているよりもはるかに高いところに達することができる。

もう一度言おう。大事なのは「粘ること」だ。

新作短編

恩赦

通訳であるノア・キャノンの雇用主が持つ、薄暗い照明のともった広大な食品製造ホールに、初めて会う集合体がそっと降りてきた。球体であるその集合体は、縦横はゆうに三・五メートル以上ある巨体に似合わず素早くなめらかな動きで、通路から外れることはなく、菌床で育つ脆《もろ》い菌類に体が当たることもない。その姿はなにに似ているのだろう、とノアは考えた。大きく、黒く、苔に包まれた茂みの樹冠が、不規則な形の葉と毛深い苔とねじくれた蔓でできていて、そのせいで光がまったく通らない、といったところか。葉のない太い枝が本体から何本か突き出ているせいで対称形が崩れ、集合体はすぐにでも剪定したほうがいいように見えてしまう。

見ていると、ノアの雇用主——いくぶん小ぶりで、よりよく手入れされたような見た目の深く黒い茂み——は後ろに下がって離れていった。そのとき、かねてから求めていた仕事を与えられるのだとノアは知った。

初めて会う集合体は動きを止め、底で平たくなり、運動を担当する有機体が上に移動して休みを取れるようにした。その集合体がノアに注意を向けると、黒く大きな体の内部で電光がジグザグに輝き、見えるようになった。その電光による表示で話しかけられていることはノアにもわかっていたが、なにを言われているのかは解読できなかった。集合体同士、あるいは集合体の内部では、そうやって意思疎通が行われていたが、作り出される光の動きはあまりに高速で、学ぼうにもとっかかりがつかめない。ただし、光が見えるのだから、その集合体の意思疎通体たちは彼女に話しかけているということだ。集合体は一時的に活動を停止している有機体を使うことで、話しかけてはいない外部の者とのやりとりを遮断してしまう。

雇用主のほうをちらりと見ると、もうノアには注意を向けていないことがわかった。それとわかる眼はないが、ノアに見えていようといまいと、視覚体はしっかりと機能を果たしている。しっかりと体をまとめているせいで、雇用主は茂みというより棘のある石のように見えた。集合体は他者をそっとしておきたいとき、あるいは目の前で行われている業務と関わりたくないときには、そのような行動を取る。ノアは雇用主から警告されていた。今回持ちかけられる仕事は、いつものように人間の敵意にさらされることになるだけでなく、扱いづらい下請け業者のために働くことにもなるので気分のいいものではないだろう、と。その業者は人類と接したことがほとんどない。苦労の末に創り出された、人類と集合体との会話を可能にする言語をどれくらい覚えているのかといえば、せいぜいが初歩的な語彙にすぎず、人類の能力や限界についても初歩的にしかわかっていない。それを翻訳するなら、意図していようといまいと、その下請け業者はおそらくノアを傷つけることになる、ということだ。べつにその仕事を引き受ける必要はない、その業者のためには働かないと決めても支持する、とノアは雇用主から言われていた。その仕事に取り組んでみるという彼女の決断に、雇用主は完全には賛成していなかった。いま、わざとそっぽを向いているのは、失礼になるまいとかそっとしておこうとかいうよりも、手を引くという意思の表れだ。「ひとりでやりなさい」とその姿勢は言っている。ノアは微笑んだ。雇用主が一歩下がって、彼女に決めさせてくれなければ、そもそもこの仕事をできるはずがない。それでも、雇用主は自分のことに取りかかりはせず、やってきた集合体と彼女だけにはしなかった。待っていた。

そして、この下請け業者は稲妻を使って彼女に信号を送っている。

ノアはおとなしく寄っていって近くに立ち、苔に覆われた外側の大小の枝が肌に直接触れるようにした。着ているのは短パンとホルタートップだけだった。集合体のほうはできればノアに裸でいてもらうことを好んだし、囚われの身だった長い期間、ノアには選択の余地がなかった。裸でいた。いまはもう囚人ではないのだから、最低限の服は着たいと言い張った。ノアの雇用主はそれを受け入れるようになり、ノアの服を着る権利を拒むような下請け業者には貸し出そうとしなかった。

今回の下請け業者は、すぐにノアを包み込んだ。まずは各種の動作体を使って彼女を引き上げ、無数の自己のあいだに引き込むと、苔のように見えるものでしっかりつかんだ。集合体は植物ではないが、たいていの場合、大半の集合体は植物にかなり似ているため、植物だと考えるのが一番簡単だった。

集合体の内部に包まれると、ノアにはまったくなにも見えなくなった。なにかを見ようとしたりなにかが見えると想像して気が散ったりしないよう、目を閉じた。自分を囲んでいるものを喩えるなら、長く乾いた繊維、シダの葉、大きさの様々な丸い果実といったもので、いわく言いがたい感覚を伝えてくる。ノアは一度に触れられ、撫でられ、マッサージされ、押された

――それが奇妙にも心地よく平穏に感じられたため、雇ってもらえる機会をいつも楽しみにするようになっていた。無重力になったかのようにくるくる回され、操られる。実際に、しばらくすると体重を感じなくなった。方向感覚もすっかりなくなっていたが、人間の手足と似ても似つかない個体につかまれていて、すっかり安全だと思えた。どうしてそれが心地よく思えるのかは見当もつかなかったが、囚われていた十二年間、当てにできる快適さといえばそれしかなかった。

幸いにも、集合体のほうもそれを心地よく感じていた。ノアよりも。

しばらくすると、独特の速いリズムで、背中のあちこちに警告の圧力がかかってくるのがわかった。集合体は肌が広がっている人間の背中によく触れてくる。

ノアは右手で手招きする動きをして、注意を向けていると知らせた。

六人の新入りがいる、とその集合体はノアの背中を押して信号を送ってきた。その六人を指導せよ。

そうします、とノアは両方の腕と手だけを使って合図した。集合体は、ノアが包み込まれているときにはこぢんまりとした身振りを、ノアが外にいて触れていないときには大きく腕と手を振って全身で意思表示してもらうことを好む。最初のころ、あまり目が見えていないせいだろうとノアは思っていた。いまでは、集合体のほうがはるかに視力がいいと知っている――特化した視覚体によって、かなり遠距離でも、バクテリアも、種類によってはウイルスも、紫外線から赤外線までの色も見ることができる。

ノアが触れておらず、近くにいる誰かを叩いたり蹴ったりする心配がないとき、大げさな身振りを集合体が好むのは、彼女の動きを見るのが好きだからだ。それだけの、不思議な話だった。集合体は人間のダンスや演技やスポーツのいくつかを好むようになっていた。とくに体操とアイススケートの個人種目がお気に入りだった。

新入りたちは動揺している、と下請け業者は言った。お互いに危険になってしまうかもしれない。落ち着かせろ。

やってみます、とノアは言った。その人たちの質問に答えて、なにも怖がることはないとわかってもらいます。心のなかでは、恐怖よりも嫌悪が勝っているのではないかと思ってはいたが、下請け業者がそれを知らないとしても、ノアのほうから言うつもりはなかった。

落ち着かせろ。下請け業者はそう繰り返した。要するに、「動揺した人々を落ち着かせて、意欲ある労働者に変えろ」という意味だ。集合体は、双方ともにその気があるかぎりは、個体をいくつか交換するだけでお互いを変えることができる。人間も似たことができる、そうしようとしないのは頑固だからだ、とまだ思い込んでいる集合体はたくさんいた。

ノアはもう一度言った。その人たちの質問に答えて、なにも怖がることはないとわかってもらいます。できるのはそれだけです。

かれらは落ち着くのか？

ノアは息を深く吸い込んだ。これから傷つけられるとわかっていた。ねじられるかちぎられるか、折られるか衝撃を与えられるか。集合体の多くは、嘘とみなした行動に対しては、命令に従わないとみなした行動に対してよりも重い罰を与える。実際、そうした罰は人類が不確かな能力と知性と知覚を持つ囚人だった日々の名残だった。人間はもう罰せられないことになっていたが、もちろん罰は残っていた。いま、どんな罰になるにしても終わらせてしまうにかぎるとノアは思った。のっそりと身振りをした。なかには私の言うことを信じて落ち着く人もいるかもしれません。時間と経験がないと落ち着かない人もいるはずです。

すぐに、さらにきつく、痛くなるほどつかまれた。集合体の表現では「強くつかまれ」、腕を動かすことすらできず、痛みでのたうち回って集合体を構成する個体を傷つけることもできない。つかまれているだけで怪我をする寸前に、それは終わった。

突然の電気ショックを受け、ノアは痙攣した。息がしわがれた叫び声になって飛び出した。目をきつく閉じていても、閃光がいくつも見えた。出し抜けに、筋肉が苦しくよじれた。

落ち着かせろ。その集合体はまた言い張った。

すぐには返事ができなかった。ずきずきして震える体を思いどおりに動かし、なにを言われているのかを理解できるようになるには少し時間がかかった。もう少し経ってようやく、ふたたび自由になった手や腕を曲げ、答えを作れるようになった——どんな代償を払うことになっても、こう答えるしかない。

その人たちの質問に答えて、なにも怖がることはないとわかってもらいます。

ノアはさらに数秒間強くつかまれた。また電気ショックを与えられるかもしれない。だが、しばらくすると、目の片隅にいくつか閃光が見えはしたが、どうやら彼女とは関係がないようだった。それ以上の意思疎通はなく、ノアは雇用主に渡され、下請け業者はいなくなっていた。

なにも見えないまま、彼女は暗闇から暗闇に渡された。聞こえるのは、いくつかの集合体がかさかさと動き回る音だけだ。匂いは変わっていないし、たとえ変わっていたのだとしても、それを嗅ぎつけられるほどノアの鼻は鋭くはなかった。それでも、どういうわけか、雇用主に触れられるとわかるようになっていた。ノアは安心して、気が楽になった。

怪我は？　雇用主は信号を送ってきた。

大丈夫、とノアは答えた。関節が痛むのと、ずきずきするところがあるだけ。仕事はもらえたのですか？

もちろん。あの下請け業者にまた強制されそうになったら、教えてもらわないと。ちゃんと言ってある。きみに怪我をさせたら、仕事の依頼は受けないと。

ありがとう。

一瞬の間があった。それから雇用主はノアを撫で、彼女を落ち着かせて自分も心地よくなった。きみはこうした仕事をやると言って聞かないが、それで望むような変化をもたらせはしない。わかっているだろう。きみの仲間たちも、私の仲間たちも変えられはしない。

少しだけなら変えられます、とノアは信号を送った。集合体をひとつずつ、人間をひとりずつ。できるなら、もっと早くやりたいですが。

だから下請け業者たちに虐待されるままにしているのか。きみは自分の仲間たちが新しい可能性を見出して、すでに起きた変化を理解できるようにしたいわけだ。でもほとんどは聞く耳を持たないし、きみのことを嫌っている。

あの人たちに考えてもらいたいのです。人間の政府からは伝えられないだろうことを私から伝えたい。真実を話すことで、あなたたちと私たちのあいだの平和を後押ししたい。自分の努力が長い目で見てなにかの役に立つのかはわからないけど、やってみないと。

まずは傷を癒やすといい。あの下請け業者が戻ってくるまで、包まれて休むことだ。

ふたたび間があり、ノアは満足のため息をついた。信じていないのに手伝ってくれて、ありがとう。

信じたいとは思う。でも、きっとうまくはいかない。たったいまも、きみの仲間の集団がいくつも、どうやって私たちを滅ぼそうかと考えている。

ノアは顔をしかめた。そう。その人たちを殺さずに止められますか？

雇用主はノアを動かした。撫でた。おそらく無理だ、と信号を送った。もう一回となると無理だ。

応募者たちがぞろぞろと会議室に入ってくると、ミシェル・オータは言い出した。「通訳さん、この……この物たちは……私たちに知性があるとほんとうにわかってるんですか？」

ミシェル・オータはノアについて会議室に入り、ノアがどこに座るつもりなのかを確かめると、その隣に座った。六人の応募者のうち、今回のような略式の質疑応答の顔合わせなのにノアの近くに座ろうとするのは、ミシェル・オータとあとひとりしかいない。六人が必要とする情報を、ノアは持っている。六人のうち何人かがいつか担当するかもしれない仕事をしているからだが、集合体のための通訳と人事担当というその仕事と、ノアにその仕事ができるという事実が、彼女に対する六人の不信感を生んでいた。ノアの近くに座ろうとしたもうひとりは、ソレル・トレントだった。彼女は異星人の精神世界——それがどういうものであれ——に興味を持っていた。

残る四人の応募者たちは、ノアとのあいだにいくつか席を空けて座ることにした。

「もちろん、私たちに知性があることを集合体はわかっています」とノアは言った。

「その、あなたはかれらのために仕事をしてるわけよね」ミシェル・オータはノアを見て、ためらい、そして話を続けた。「私もその仕事をしたい。だって、少なくとも雇ってもらえるから。ほかにはろくに仕事がない。でも、私たちはどう思われてるんですか？」

「あなたたちの何人かは、じきに契約を提示されます」とノアは言った。「あなたたちを牛だと思っているのなら、わざわざそんなことはしません」ノアは力を抜いて椅子にもたれかかり、六人のうち数人がサイドボードから水や果物やナッツを取るのを眺めた。食べ物は良質で清潔で、雇用されていようといまいと自由に取ってよかった。六人のほとんどにとってはその日最初の食事であることも、ノアは知っていた。このところの不況のせいで食料品の値段は高騰し、一日に一度食事ができれば運がいいほうだった。かれらが食べ物を味わっているのを見ると気分がよかった。会議室で質疑応答を行うにあたり、食べ物を置いておくべきだと主張したのはノアだった。

ノア自身は、靴を履き、黒いコットンのズボンとカラフルな流線のチュニックを着るという、めったにない心地よさを味わっていた。それに、人間の体に合わせてデザインされた家具もある――クッションが入った背もたれが高い椅子と、物を食べたり腕を載せたりできるテーブルがある。モハーヴェ・ドームの内部にあるノアの宿舎には、そんな家具はない。雇用主に頼めば、いまなら家具くらいは手に入るのではないかと思ったが、頼んだことはなかったし、頼むつもりもなかった。人間のものは人間の土地にあればいい。

「でも、ほかの銀河系から来た物にとって、契約なんて意味があるんですか？」とミシェル・オータは食い下がった。

ルーン・ジョンセンが口を開いた。「そう。かれらが地元の、つまり地球のやり方が性に合っていればあっさりそれを採用するのは興味深いですね。通訳さん、かれらは署名すれば自分たちがそれに従わねばならないとほんとうに考えているんですか？　そもそも、手もないのにどうやって署名なんてできるのかはわかりませんが」

「かれらはお互いに署名をすれば、双方ともそれに従わねばならないのだとみなします」とノアは言った。「そうですね、署名がわりのかなり個人的な印を作ることもできます。かれらはこの国で相当な時間とお金をかけて、通訳や弁護士や政治家たちに働きかけ、それぞれの集合体を法的な『人格』とみなしてもらい、個人的な印を認めてもらえるようにしました。それから二十年間、契約はしっかり守ってきています」

金髪のルーン・ジョンセンは首を横に振った。「なんといっても、かれらはぼくが生まれる前から地球にいますけど、それでもここにいるなんておかしいと思ってしまう。かれらが存在するなんておかしい。べつに憎んでなんかいないのに、おかしいと思うんです。たぶん、ぼくらが宇宙の中心からまた追い出されてしまったからだと思う。ぼくら、というのは人類のことです。歴史を通じてずっと、神話でも科学でも、人間が中心になっていたのに、そこから追放されてしまった」

ノアは驚くと同時にうれしくなり、微笑んだ。「私も同じことに気がつきました。いま、私たちは集合体と兄弟間の争いのようなことをしている。自分たちのほかにも知的生命体がいたわけです。宇宙にはほかにも生命があった。知ってはいたけど、かれらがここに到着するまでは知らないふりをすることができた」

「バカげてる！」とべつの女性が言った。セラ・コリアーという、大柄で赤髪の若い女だった。「あの雑草どもは呼ばれてもいないのにやってきて、私たちの土地を奪い、私たちの仲間をさらっていった」食べていたリンゴをコリアーがテーブルに叩きつけると、食べ残した部分がつぶれて果汁が飛び散った。「それをしっかり覚えておかないと。それに対してなにかをしないと」

「なにをするわけ？」またべつの女性が訊ねた。「私たちは戦うんじゃなくて仕事をもらいに来てるんだけど」

その女性の名前がなんだったか、ノアはしばらく記憶を探った。ピエダード・ルイスだ。小柄で茶色い肌で、英語は明瞭だが、きついスペイン語訛りがある。打ち身がついた顔と腕は、最近かなりひどく暴行されたように見えたが、一緒に会議室に入る前にノアからそのことを訊かれても、顔を上げ、平気です、なんでもありません、と言っていた。おそらくは、ドームでの仕事に応募するのが気に食わない人がいたのだろう。集合体について、そしてなぜ人間を雇うのかについてときおり広まる噂を考えれば、驚くにはあたらない。

「通訳さん、異星人たちは、ここにきたことについてはなんと言っているんですか」とルーン・ジョンセンは言った。彼の応募書類についていた短い経歴を読んでいたノアは思い出した。ルーン・ジョンセンの父親は小さな衣服店を営んでいたが、集合体の到来が引き起こした不況によって、商売が立ちゆかなくなったのだ。ルーン・ジョンセンは両親を支えたいと希望していたし、結婚もしたいと思っていた。皮肉にも、その二つの問題を解決するためには、しばらく集合体のために働くほかないようだ。「あなたの年齢からいって、かれらがやってきたときになにをしたのかは記憶にありますよね」と彼は言った。「どうして人を拉致したり、殺したりするのか、かれらに言われたことだって……」

「私は拉致されました」とノアは認めた。

部屋は数秒間静まり返った。六人の候補者はそれぞれ、ノアをまじまじと見つめている。ひょっとすると自問自答しているのか、哀れんでいるのか、決めつけているのか、心配しているのか。もしかすると、恐れや疑いや嫌悪感で尻込みしているのかもしれない。それらの反応は、新入りを含めて、ノアの過去を知った人々が見せたものだった。拉致被害者に関して、中立でいられる人はいなかった。ノアはよく自分の過去を話すことで、質問や非難や、ときには思考をはじめる切り口にしていた。

「ノア・キャノンか」とルーン・ジョンセンは言った。少なくともノアが自己紹介したときにちゃんと聞いていたことはわかった。「どこかで聞いたような名前だと思った。拉致の第二波のときの人ですね。被害者のリストであなたの名前を見た記憶があります。女性のリストに入っていたから目にとまった。ノアという名前の女性を見たのは初めてだったから」

「じゃあ、あいつらに拉致されて、いまはあいつらのために働いていると?」と言ったのはジェイムズ・ハンター・アディオ、長身で痩せた、怒ったような顔の黒人の若者だった。ノアも黒人だったが、顔を合わせたときから、ジェイムズ・アディオはノアのことが気に食わないようだった。いまでは怒っているだけでなく、嫌悪してもいるようだ。

「私は十一歳のときに連れ去られました」とノアは言った。ルーン・ジョンセンを見つめた。「そのとおり。第二波のひとりです」

「それでどうなった？　実験台にされたとか？」とジェイムズ・アディオは訊ねた。

ノアは彼と目を合わせた。「たしかに実験台にされました。一番苦しんだのは、第一波の人たちです。集合体は私たちについてなにもわかっていなかった。実験や食事不足の病気などで死んでしまった人たちも、毒を与えられた人たちもいる。私をさらうところには、うっかり殺してしまわないくらいの知識はありましたが」

「それで？　あんなことをされたのに許したと？」

「アディオさん、私に対して怒っているのですか？　それとも、私がされたことに怒ってくれているのですか？」

「俺はここにいなくちゃならないことに怒ってるんだ！」とジェイムズ・アディオは言った。立ち上がると、テーブルのまわりを歩き回った。まるまる二周してから、座り直した。「こいつら、この雑草どもが俺たちを侵略して、俺たちの経済をめちゃくちゃにして、姿を現しただけで世界中を不況に突き落とせるってことに怒ってる。あいつらはやりたい放題なのに、俺たちはそれを殺すどころか、仕事をくださいと頼むしかない！」実際、彼にはどうしても仕事が必要だった。集合体のための仕事に応募してきたジェイムズ・アディオについて集めた情報に、ノアは目を通していた。二十歳、七人きょうだいの最年長で、目下のところ成人は彼だけだ。弟や妹たちの生活を支えるためには仕事が必要なのだ。それでも、ノアが思うに、彼は雇ってもらっても、応募を却下されても、いずれにしろ同じくらい異星人たちのことを憎むのではないだろうか。

「かれらのために働くなんてどうかしてる」ピエダード・ルイスはノアにささやきかけた。「傷つけられたのに。かれらが憎くはないの？　私だったら、憎むと思う」

「かれらは私たちを理解して、意思疎通がしたかったのです」とノアは言った。「私たち同士がどうやってうまくやっているのかを知りたがっていたし、かれらにとっては普通のことに私たちがどれくらい耐えられるのか知る必要もあった」

「そう聞かされたってわけ？」とセラ・コリアーは強い口調で言った。つぶれたリンゴをテーブルからさっと床に払い落とすと、同じように払い落とせたらいいのにと思っているかのようにノアを睨みつけた。その様子を眺めていたノアは、セラ・コリアーはひどく怯えているのだと悟った。みんな怯えてはいるが、セラの場合はそれが八つ当たりになっている。

「たしかに、集合体からはそう言われました」とノアは認めた。「でも、それはかれらと私たち、囚われて生き残った人たちの何人かが記号、初期の言語を編み出して、意思疎通が始まってからのことです。私をとらえたときは、かれらはなにも伝えられずにいた」

セラは鼻を鳴らした。「なるほど。何光年も宇宙を旅してくることができるのに、私たちと話をするとなるとまずは拷問にかけないとわからなかったってことね！」

一瞬苛立ってもいいだろう、とノアは思うことにした。「コリアーさん、あなたはその場にいなかったでしょう。あなたが生まれる前の出来事です。そして、それを経験したのは私であって、あなたではない」セラ・コリアーの家族にも、経験者はいない。それは確認済みだった。

この六人のなかに、拉致被害者の親戚はいない。それを知っておくのは重要だ。被害者の親戚はときとして、集合体に危害を加えるのは無理だとわかると通訳に復讐しようとすることがある。

「大勢の人が経験した」とセラ・コリアーは言った。「誰も経験するべきではなかったのに」

ノアは肩をすくめた。

「受けた仕打ちのことで、かれらが憎くはならない？」ピエダードはささやきかけた。どうやら、ささやくのがいつもの話し方のようだ。

「憎くはありません」とノアは言った。「かつては憎かった。とくに、私たちのことが少しわかりかけているのに、それでも私たちをひどい目に遭わせていたころは。動物で実験している人間の科学者のようでした——残酷ではないけれど、とことん綿密でした」

「やっぱり動物なのか」とミシェル・オータが言った。「つまりかれらは——」

「昔のことです」とノアは言った。「いまは違います」

「どうしてあっちの肩を持つわけ？」セラは食い下がった。「かれらは私たちの世界を侵略した。私たちの仲間を拷問した。好き勝手にしているのに、どんな見た目なのかさえ私たちにはよくわからない」

ルーン・ジョンセンが口を開いたので、ノアはほっとした。「通訳さん、かれらはどんな見た目なんですか？　あなたは近くから見てきたわけですよね」

ノアは微笑みそうになった。集合体はどんな見た目なのか。それはこの手の会合で真っ先に出てくる質問だ。自分たちがなにを目にしたにせよ、あるいはメディアを情報源としてなにを耳にしたにせよ、それぞれの集合体が大きな茂みか木のような形をしているのだとか、もっとありそうなことには、低木の茂みを衣服か隠れ蓑として身に纏《まと》っているのだ、と人々は思い込みがちだ。

「かれらは人間がまったく知らなかった存在です」とノアは六人に言った。「ウニに喩える人もいました。それは完全に間違いです。ハチかスズメバチの群れに似ているという話も聞きました。これも間違いですが、少し近い。私がイメージするのは、使っている呼び名のとおり、集合体です。それぞれの集合体のなかには、数百の個体がいます。知的な多数体なのです。でも、実際にはそれも正しくありません。個体は独立して生きていくことはできませんが、ある集合体から離れて、一時的にせよ恒久的にせよべつの集合体に移ることはできます。かれらはまったく異なる進化の産物です。私に見えるものと、あなたたちが見たことがあるものに変わりはありません。外側に枝があって、あとは闇です。閃光と動きが内側にある。もっと聞きたいですか？」

一同は頷き、注意深く身を乗り出したが、ジェイムズ・アディオだけは椅子の後ろにもたれ、黒くすすべすべした若い顔に軽蔑の表情を浮かべていた。

「枝のように見えるものや、葉や苔や蔓のように見えるものは、物質としては生きていて、いくつもの個体からできています。なんらかの植物に似ているというのは見かけだけです。私たちが手で外側から触れられる個体は乾いていて、たいていはつるつるした感触です。通常サイズの集合体ひとつで、この部屋の半分ほどの大きさですが、重さは二七〇キロから三六〇キロくらいしかありません。もちろん、その内部はぎっしり詰まってはいません。ただ、内側がどうなっているのか私は一度も目にしたことはありません。集合体に包み込まれるのは、ある意味では……着心地のいい拘束服で動けなくなるようなものです。そんな服を想像できるのならの話ですが。あまり動くことはできない。動けるようにしてもらえなければ、まったく動けません。なにも見えない。匂いもない。でもなぜか、一度してしまえば怖くはなくなります。穏やかで、心地よいものです。どうしてそんなことがありうるのか不思議ですが」

「催眠術だな」ジェイムズ・アディオがすかさず口を挟んだ。「それか麻薬だ!」

「まったく違います」とノアは言った。少なくとも、それについては確信があった。「集合体に囚われているとき、とりわけ辛かったのはそれでした。私たちについて知るまで、かれらは催眠術についても気分を変える薬物についてもなにも知りませんでした。その概念すら持ち合わせていなかった」

ルーン・ジョンセンはノアのほうを向いて眉をひそめた。「概念というと?」

「意識が変わるということです。具合が悪くなるか怪我でもしないかぎり、かれらは意識を失わないし、個体のいくつかが意識を失うことはありえても、集合体として意識を失うことはありません。だから、集合体は眠るということがない——でもようやく、人間は眠らなければならないという現実を受け入れるようになってくれました。思いもかけず、私たちはまったく新しい概念をかれらに教えたわけです」

「薬を持ち込んでもいいんですか?」ミシェル・オータは出し抜けに訊ねた。「私はアレルギー持ちだから、薬がないと困るので」

「特定の薬については許可されています。もし契約を提示されたら、必要とする薬を記入することになります。その薬を持っていてもいいか、雇ってもらえないかのどちらかです。もし、必要なものを許可されれば、注文して外から持ち込むことが認められます。それが申し込んだとおりのものなのかは確認されますが、それ以外ではとやかく言われはしません。ドームの内部にいるあいだは、お金の使いみちといえば薬くらいです。もちろん、部屋と食事は雇用に含まれていますし、契約が終わるまでは雇用主のもとを去ることは許されません」

「もし、病気になったり、事故に遭ったりしたら？」とピエダードは訊ねた。「契約にはない薬が必要になった場合とか」

「医療上の緊急事態は契約でカバーされています」とノアは言った。

セラは両手でテーブルをぴしゃりと叩くと、大声で言った。「そんな話はどうでもいい！」狙いどおり、みんなの注目を集めた。「通訳さん、あなたのことと、雑草たちについてもっと知りたい。とくに、どうしてあなたがここに残って、おそらくは地獄を味わわせてきた連中のために働いているのか。麻薬なんかじゃないという話は、傷つけられているときには助けにはならなかったでしょ？」

ノアはしばらく無言で座っていた。思い出したくはなかったが、思い出していた。「そうです」とようやく言った。「ただし、たいていの場合、私を傷つけたのはほかの人間たちでした。異星人たちは私たちを二人以上のグループにして、何日も何週間も閉じ込めて、どうなるのか知ろうとした。普通は、あまりひどいことにはなりませんでした。でも、おかしくなってしまうときもあった。何人かは正気を失ってしまいました。まあ、私たちみんな、どこかの時点で正気を失ってしまったけれど。でも、人によっては暴力的になってしまった。それに、集合体に後押しされなくてもごろつきになっただろう人たちもいました。そういう人たちは、ちょっとした力を振るって他人を苦しめるチャンスに飛びつき、喜びを見出しました。そして、なにもかもどうでもよくなって、抗うのをやめ、食べることすらやめてしまった人もいました。そうした『独房仲間実験』から、妊娠と殺人がいくつか生じました。

異星人たちが出す謎を解けば食べ物をもらえたり、食べ物に入れられたもののせいで具合が悪くなったり、かれらに包み込まれ、物質を体内に注入されて死にかけたときのほうが、まだ楽だったと思う。気の毒なことに、初期の四人たちはそのほとんどを経験しました。何人かは包み込まれることに対して恐怖心を抱えるようになりました。抱えたのがそれだけだったなら、幸運なほうです」

「信じられない」セラは嫌悪感をあらわに首を横に振った。しばらくしてから訊ねた。「赤ちゃんはどうなったの？　妊娠した人もいたと言っていたでしょう」

「集合体は私たちのようには繁殖しません。長いあいだ、妊娠した女性に無理をさせてはいけないのだとかれらは気がついていませんでした。そのせいで、ほとんどは流産してしまった。死産だった人もいます。私が実験の合間にいつも一緒に檻に入れられていたグループでは、四人の女性が出産で命を落としました。私たちの誰も、どうやって助ければいいのかわからなかった」それもまた、ノアが直視したくない記憶だった。

「何人かは無事に生まれて、そのうち二、三人は成長したけれど、母親たちの手では、仲間のなかでもとくにひどい人たちから守ることができなかったし、その子どもたちに対する集合体の……好奇心からも守れませんでした。世界に三十七箇所あるドームのなかで、生き延びることができた子どもは百人もいません。そのほとんどは大きくなって、それなりに理性のある大人に成長しました。素性を隠して外で暮らしている人もいるし、絶対に外に出たがらない人もいる。それは本人が決めることです。何人かは、次の世代の優秀な通訳になります」

ルーン・ジョンセンは言葉にならない音を発して興味を示した。「その手の子どもたちについての話を読んだことがある」と言った。

「私たちも何人か見つけようとした」とソレル・トレントは初めて口を開いた。「我らの指導者は、進むべき道を示してくれるのはその子どもたちなのだと教えている。それくらい重要なのに、この国の愚かな政府が隠してしまっている」彼女は不満と怒りのこもった声になっていた。

「各国の政府にはどれも、相当な責任があります」とノアは言った。「国によっては、外に出るとどんな目に遭うのかという噂話が流れてきたせいで、子どもたちは外に出ようとしない。失踪、監禁、拷問、死といった噂があります。この国の政府は、もうその手のことはしていないようですが。少なくとも、子どもたちには。新しい氏名と身元を与えて、子どもたちを崇拝したり殺したり特別視したがる集団に見つからないようにしています。私自身、数人の様子を確かめたことがあります。みんな元気で、そっとしてもらいたがっています」

「我々は子どもたちを傷つけたいわけじゃない」とソレル・トレントは言った。「栄誉を与えて、真の運命をまっとうできるように手を貸したいだけ」

ノアはソレル・トレントから顔を背《そむ》けた。頭のなかは、職務にふさわしくない、言わないにかぎる辛辣な言葉でいっぱいだった。「ですから、子どもたちは、ちょっとした平穏を手に入

るの?」

もう一度妊娠しました。ありがたいことに、二度とも流産でした」

「もちろん、強姦だった! 人間の子どもを集合体に渡して調べてもらいたくなったとでも?」ノアは言葉を切り、深く息を吸い込んだ。しばらくしてから言った。「犠牲者のなかには、強姦に抵抗して死んだ女たちもいました。強姦しようとして死んだ人もいました。昔の実験で、大量のネズミを同じ檻に入れておくと殺し合うようになる、というのがあるでしょう」

「でも、あなたたちはネズミとは違った」とセラは言った。「知性があったでしょう。あの雑草たちになにをされていたのか理解できた。やらなくてもいいことだと――」

ノアが割り込んだ。「私がなにもやらなくてよかったと?」

セラは素早く撤回した。「あなた個人のことではなくて。ただ、人間はネズミの群れよりもうまくやれてしかるべきだってこと」

「うまくやれた人たちはたくさんいました。うまくやれなかった人たちもいる」

「そういうことがあっても、異星人のために働いているわけよね。そのときのかれらには、なにをしているのか自覚がなかったから許すと。そういうことなの?」

「かれらはここにいますから」ノアは淡々と言った。

「よそに追い出す方法を私たちが見つければいいだけの話でしょう！」

「かれらはここに残ります」ノアはさらに穏やかな声で言った。「かれらにとって、『よそ』はありません。少なくともあと数世代は。かれらの船は片道輸送だった。もうここに根を下ろしているし、ドームを作るのに選んだ砂漠の土地を守るためであれば戦うでしょう。もし戦うことになれば、私たちは生き延びられない。かれらも滅びるかもしれませんが、おそらく若い集合体を地下深くに数世紀潜らせる。かれらが上がってくるころには、世界はかれらのものになっている。私たちは消え去っているでしょう」ノアは六人をひとりずつ見つめた。「かれらはここにいます」とさらに言った。「この国でかれらと話ができるのは三十人ほどで、私もそのひとりです。このドームで、二つの種のどちらかが致命的な行動に走る前にお互いを理解できるようにしている。ほかにいるべき場所がありますか？」

セラは食い下がった。「でも、されたことを許すと？」

ノアは首を横に振った。「許してはいません」と言った。「許してほしいとはかれらも言ってこないし、言ってきたとしても、どうすれば許したことになるのか、私にはわからない。どちらにせよ、私は自分の仕事をするだけです。どちらにせよ、かれらは私を雇うことになります」

ジェイムズ・アディオは言った。「もし、思っているようにあいつらが危険なのなら、政府の側で働いて、あいつらを殺す方法を探すべきだ。ほかの人よりもあいつらには詳しいと言ってただろ」

「アディオさん、かれらを殺すために来たのですか？」ノアは静かに言った。

彼は肩を落とした。「あいつらのために仕事をしに来たんだよ。貧乏だからだ。国中で三十人しか持っていないような特別な知識はなにも持ち合わせてない。仕事が欲しいだけだ」単に情報を伝えられただけだ、というようにノアは頷いた。まるで、彼の言葉には苦々しさも怒りも屈辱感もこもっていないかのように。「ここでは稼げます」とノアは言った。「私も裕福です。甥や姪を六人、大学に通わせています。親戚はみんな日に三度の食事ができていて、ちゃんとした家に住んでいる。あなたの親戚もそうなっていいはずでしょう？」

「銀貨三十枚、か」とアディオはつぶやいた。

ノアはうんざりした笑顔になった。「私にとっては違います」と言った。「私に名前をつけたとき、親はそれとは違う将来を願っていたようです」

ルーン・ジョンセンは微笑んだが、ジェイムズ・アディオは不快感もあらわにノアを睨みつけるだけだった。ノアはもともとの厳《おごそ》かな表情に戻った。「集合体に勝つために、政府の側で働いたときのことをすべてお話ししましょうか」と言った。「信じようと信じまいと、聞いてもらったほうがいいでしょうから」ノアは少し言葉を切り、話す内容を頭のなかでまとめた。

「ここモハーヴェ・ドームに、私は十一歳から二十三歳まで囚われていました」とノアは話をはじめた。「もちろん、家族も友達も、私がどこにいるのか、生きているのかすら、まったく知りませんでした。ほかの人たちと同じように、私はいきなり失踪してしまった。私の場合は、ある日の深夜に、ヴィクターヴィルにある実家の部屋から姿を消しました。何年も経って、集合体が私たちと話ができるようになって、自分たちがなにをしたのかよりよく理解したとき、かれらは私たちのグループのひとつに、残るか出ていくか決めていいと言ってきました。これもテストかもしれないとは思ったけれど、出ていきたいと私が言うと、認めてもらえました。

実は、出ていきたいと言ったのは私が最初でした。そのころ一緒にいたグループの人たちは、子どもだったころにさらわれてきました――すごく小さい子どももいました。外に出るのが怖いという人もいました。その人たちには、モハーヴェ・ドーム以外で暮らした記憶がなかった。でも、私は家族のことを覚えていました。もう一度会いたかった。ドームの小さな空間に閉じ込められているのではなく、外に出てみたかった。自由になりたかった。

でも、私を外に出した集合体は、ヴィクターヴィルに戻してはくれなかった。ある夜遅くに、ドームの周辺にできていたスラム街の近くに出口を開けただけです。当時のスラム街はどこも、いまよりも荒れていて貧相でした。そこに住んでいたのは、集合体を崇拝しているか、消し去ろうと企んでいるか、価値のある技術を少しでもいいから盗みたいと思っている人たちでした――その手の町です。それに、不法居住者のなかには各種の覆面警官も混じっていました。私を捕まえた人たちはFBIだと名乗っていたけれど、いま思うと賞金稼ぎの人たちだったかもしれない。あのころは、人であれなんであれ、ドームから出てくるものには懸賞金がかけられていました。運の悪いことに、私はモハーヴェ・ドームから出てくるところを見られた最初の人間でした。

出てきた者は誰でも、貴重な技術的秘密を知っているかもしれない。あるいは、洗脳されて破壊活動をするか、変装した異星人のスパイなのかもしれない――なんだってありえます。私は軍に引き渡されて監禁され、容赦ない尋問を受け、スパイ活動から殺人からテロ行為から裏切りまで、ありとあらゆる非難を浴びました。思いつくかぎりのあらゆる検体を取られて検査されました。私は価値のある獲物なのだ、『人間ならざる敵』の協力者なのだ、とかれらは信じ込んでいました。そんなわけで、私は集合体に接近するための絶好のチャンスでした。

私が知っていたことすべてを、かれらは突き止めました。私だって、なにか隠し立てをしたかったわけではありません。問題は、かれらが知りたがっていたことを話せなかったことです。当然ながら、集合体は自分たちの技術についてあれこれ私に話したわけではありません。そんなことをするはずがない。集合体の生理機能についても私はよくわかっていませんでしたが、知っていることは話しました――私が嘘をついている証拠を押さえようとする看守たちを相手に、何度も何度も。そして、集合体の心理については、私が受けた仕打ちと、ほかの人たちが受けた仕打ちを目にしたかぎりでしか話せませんでした。看守たちはさして役に立たない話だと思い、私が非協力的で、なにかを隠しているのだと決めつけました」

ノアは首を横に振った。「看守たちから受けた扱いと、囚われていた最初のころに異星人たちから受けた扱いとの違いはただひとつ、いわゆる人間たちのほうは私を傷つけていると自覚していることだった。昼も夜も私を尋問して、脅して、薬物を投与して、私が持っていない情報をどうにか吐き出させようとした。私は何日も続けて眠らせてもらえず、ついにはなにも考えられなくなって、現実と現実でないものの区別もつかなくなりました。看守たちは異星人には近づけませんでしたが、私を手に入れていました。尋問していないときは私を独房に監禁して、自分たち以外の誰とも接触しないようにした」

ノアは部屋を見回した。「それというのも、十二年間を囚われの身で過ごしてから解放された囚人は、そのつもりがあろうとなかろうと、自覚があろうとなかろうと、なんらかの裏切り者に違いない、とかれらが知っていたというか信じ込んでいたせいです。私をあらゆる方法でX線にかけてスキャンして、なにもおかしなところがないとわかるとさらに怒り狂って、私を憎むだけだった。どういうわけか、私に馬鹿にされているのだとかれらは確信していました。そしてどうにかして私の尻尾を捕まえる気でした。

私は諦めました。かれらは絶対にやめはしないだろうし、どのみち私を殺すだろうし、それまでは平穏を味わえはしないと」

ノアは言葉を切り、思い出した。屈辱や恐怖、絶望や疲労、苦々しい思い、苦しさ、痛み……。ひどく殴られたことは一度もなかった。ときおり、二、三発殴られ、凄まれて脅されるだけだった。ときおり、非難や憶測や脅しが続くなかでつかまれて揺さぶられ、突き飛ばされることもあった。折に触れて、尋問官はノアを床に引き倒し、椅子に戻るよう命じた。ひどい怪我を負ったり、命に関わるようなことはなにもしなかった。だが、ひたすら続いた。ときおり、誰かが優しくするふりをして、ある意味では口説き、ノアすら知らない秘密を話すよう誘惑してくる……。

「私は諦めました」とノアは繰り返した。「そうなるまで、どのくらい長くそこにいたのかはわからない。空も日光も、まったく目にしなかったから、時間の流れをすっかり見失ってしまった。長い尋問のあとで意識を取り戻してみたら、独りで監房にいて、自殺しようと決めました。頭が働くときにはときどきそのことを考えていて、そのとき突然、もう死のうと思った。

私を止めるものなんてない。そこで実行しました。首を吊って」

ピエダード・ルイスは言葉にならない苦しげな音を発し、周囲の目が集まると、テーブルに視線を落とした。

「自殺しようと？」とルーン・ジョンセンは言った。「同じことを、その……集合体のところにいたときもしたんですか？」

ノアは首を横に振った。「一度もしなかった」そして少し間を置いた。「うまく言えないけれど、そのとき私を苦しめていたのが同じ人間だったのが、私にとっては決定的でした。かれらは人間だった。私と同じ言葉を使っていた。苦痛や屈辱や恐怖や絶望について私が知っていることを、かれらも知り尽くしていた。私になにをしているのか自覚していたのに、やめようとはしてくれなかった」ノアは少し考え、思い出していた。「集合体に囚われた人たちのなかからも、自殺者は出ました。そして、集合体は気にしなかった。もし死にたいと思い、しかるべき傷を自分に負わせれば、その人は死ぬ。集合体はただ傍観していた」

だが、死ぬことを選ばなければ、包み込まれるというひねくれた安全と平和がある。どういうわけか、包み込まれるという快楽はあった。囚人たちがなんらかのテストを受けていないとき、それはよく起きた。集合体を作る個体が、包み込むと自分たちも心地よくなるのだと知ったからだが、どうしてなのかはノアにも集合体にもわからなかった。最初に包み込むことになったのは、囚人たちを拘束し、調べ、不幸にも毒を与えるのにそれがちょうどいいやり方だったからだ。ところがそのうち、その行為の快楽のために、用事のない人間たちが用事のない集合体に包み込まれるようになった。集合体は最初、それが囚人たちにとっても心地よいのだとは理解できなかった。ノアのような子どもたちはすぐに、集合体に近づいていって外側の枝に触れ、包み込んでほしいと頼むやり方を覚えた。だが、大人の囚人たちはその行動をやめさせようとしていたし、やめさせられないとわかると罰を与えようとした。ノアは大きくなるまで、子どもたちが心地よくなろうとして異星人に頼むと、どうして大人の囚人たちにぶたれるのか、まったく見当もつかなかった。

ノアが現在の雇用主に出会ったのは、十二歳になる前だった。ノアを決して傷つけることがなく、どちらの種も使える言語を作り出そうとノアたちと一緒に働いていた集合体だった。

ノアはため息をつき、話を続けた。「私を収監していた人間たちの自殺に対する態度は、集合体の態度に似ていました」と言った。「私が死のうとしているところを、かれらは傍観していました。あとになって、少なくとも三台のカメラで二十四時間監視されていたことを知りました。実験室のラットのほうがよっぽどプライバシーを保証されていた。私が首にかける縄を服で作っているところを、かれらは見ていた。私がベッドに上がって、スピーカーを保護する金属の網にその縄を結びつけるところも見ていた。そのスピーカーはときどき、大音量で歪んだ音楽を流すか、異星人たちが最初にやってきて人々がパニックで死んでいったときの古いニュース報道を流すかして、私を苦しめるのに使われていました。

私がベッドから踏み出して、首からぶら下がり、息ができなくなっている姿も、かれらは眺めていた。そこでやっと私を運び出して蘇生させ、深刻な負傷がないことを確かめました。それが終わると、私を裸のまま独房に戻しました。スピーカーがあった場所はセメントで固められていて、金属の網はなくなっていた。少なくともそのあとは、ぞっとするような音楽はなくなりました。怯えた叫び声も流れてこなくなりました。

でも、尋問はまたはじまった。本気で死ぬつもりはなかったんだろうとか、同情を買おうとしただけだろうとか言われました。

だから、私は体では無理でも、頭のなかではそこから出ていった。しばらくは強硬症のようになりました。まったく意識がないわけではないけれど、頭はもう働いていませんでした。まともに思考できるわけがなかった。最初、かれらは私が演技をしているのだと考えて殴ってきました。殴られたことに私が気がついたのは、あとになって説明も手当てもされていない骨折といった医学的問題に対処しなければならなかったからです。

それから、誰かが私のことを外部にリークしました。それが誰なのかは知りません。私を尋問していたうちのひとりに、ようやく良心が芽生えたのかもしれない。とにかく、誰かがメディアに私のことを話して、写真も見せるようになりました。私が拉致されたときにはほんの十一歳だったことが、その報道で重要になった。その時点で、私を拘束していた人たちは解放すると決めました。あっさり殺すことだってできたと思う。それまでの仕打ちを考えれば、どうして殺さなかったのかはまったくわかりません。報道に出た写真は私も見ました。ひどい状態でした。そのままだと死んでしまうか、少なくとも完全に正常な状態には戻れなくなる、とかれらは考えたのかもしれない。それに、私が生きていると知った親戚たちがすぐに弁護士を雇って、解放するよう闘ってくれたことも助けになりました。

両親はもう死んでいました。モハーヴェ・ドームに私がまだ囚われているときに、自動車の衝突事故で亡くなっていた。私を監獄に入れていた人たちはそれを知っていたはずなのに、なにも言ってくれなかった。それを知ったのは、回復しはじめて伯父のひとりが教えてくれたときでした。母には兄が三人いました。私のために闘ってくれたのが、その三人でした。私を取り戻すために、訴訟の権利を放棄するという署名をせねばなりませんでした。私たちを傷つけたのは集合体のほうだ、と伯父たちは言われていました。私がそれなりに生き返って、実際にはなにがあったのかを話すまでは、それを鵜呑みにしていた。

私の話を聞くと、伯父たちはそれを世界に訴えようとしました。何人かを、本来いるべき刑務所送りにしたかったのかもしれない。もし、伯父たちに家族がいなかったなら、やめるように説得するのは無理だったかもしれない。いい人たちでした。伯父たちにとって私の母は可愛い妹で、いつも気にかけて面倒を見てくれていた。でも実際のところ、伯父たちは私が自由の身になって、あちこちが治ってまた動けるようになるために相当な借金を背負っていました。自分のせいで伯父たちがすべてを失ってしまうとか、でっち上げの罪状で刑務所に送られるかもしれないなんて考えて生きていくことは、私にはできなかった。

少し回復すると、いくつかメディアの取材に答えることになりました。もちろん嘘をついたけれど、大嘘に付き合うわけにはいかなかった。集合体に負傷させられたのだという話には頷きませんでした。なにがあったのかは覚えていないふりをしました。ひどい状態だったので、なにが起きていたのかはろくに覚えていないけれど、とにかく自由になって回復してきていることをうれしく思う、と言いました。私を収監していた人たちはそれで満足するだろうと思ったし、どうやら満足したようでした。

記者たちは、自由になった私がなにをするつもりか知りたがりました。

なるだけ早く学校に行きたい、と私は言いました。教育を受けて、それから仕事を始めて、伯父たちがしてくれたことへのお返しをするつもりでした。

だいたいはそのとおりのことになりました。学校に通っているときに、自分に一番向いている仕事がなにかを悟りました。だから、ここにいます。モハーヴェ・ドームから出ていったのは私が最初で、そこに戻って集合体のために働きたいと申し出たのも私が最初でした。さっき話をした、弁護士や政治家たちとつながれるように、少しだけ手助けもしました」

「ここに戻ってきたときに、その経緯は雑草たちに話したの？」セラ・コリアーは疑わしそうに言った。「刑務所とか、拷問とか、全部？」

ノアは頷いた。「話しました。集合体のいくつかが訊ねてきたからです。ほとんどは訊いてこなかった。かれらは自分たちのことで手一杯でした。自分たちのドームの外で人間同士がなにをしているのかは、集合体にとって基本的にはどうでもいいことですから」

「あなたは信頼されているの？」とセラは訊ねた。「雑草たちから信頼されている？」

ノアは惨めな微笑みを浮かべた。「コリアーさん、少なくともあなたと同じくらい信頼してくれています」

セラは短く吠えるような笑い声を上げた。この女性には伝わらなかったのだ、とノアは気がついた。ノアが嫌味を言っているだけだと思っている。

「私がちゃんと仕事をすると信頼してくれている、ということです」とノアは言った。「これから雇用主になる者が、人間と暮らしても傷つけてしまうことのないように、そして雇われる者が集合体と生活するすべを学んで職務をまっとうできるように、私が手助けをするということについては信頼してくれています。あなたたちも、私についてそう思っているはず。だから、ここにいるのでしょう？」確かにそのとおりだったが、ノアの雇用主とあと二、三体の集合体は、ノアを完全に信頼しているようだった。ノアもかれらを信頼していた。友達だと思っている、とは誰にも言えなかった。

そう認めたわけではなくても、セラから向けられた目つきには、哀れみと軽蔑が同じくらいずつ混じっているようだった。

「どうして異星人たちはあんたを復帰させたんだ」とジェイムズ・アディオは迫った。「銃とか爆弾を持ち込んでいたかもしれない。された仕打ちのことで復讐しに戻ってきたのかもしれないだろ」

ノアは首を横に振った。「私がどんな武器を持ち込んだとしても、かれらは感知したはずです。私が復帰するのを認めたのは、私のことをわかっていたのと、自分たちの役に立つこともわかっていたからです。人間の役にも立てる、と私はわかっていました。かれらは私たち人間をもっと欲しがっています。必要としている、と言っていい。私たちをさらうのでなく、給料を払って雇うのなら、みんなにとってそのほうがいい。かれらは人間には届かないほど地中深くの鉱物を掘り出し、精製することができます。なにを取るのか、どこで取るのかについての規制には合意しています。その利益のかなりの部分を、手数料や税金として政府に支払っています。それでも、私たちを雇うだけの余裕は十分すぎるくらいある」

ノアは唐突に話題を変えた。「ドームに入ったら、まずはかれらの言語を学んでください。学ぶ気があるのだと雇用主にはっきり示すことです。基本的な記号は、みなさんもう覚えましたか?」ノアは部屋にいる人々を見回したが、沈黙が待っているだけだった。しばらくして訊ねた。「基本的な記号をもう覚えたという人は?」

「覚えました」とルーン・ジョンセンとミシェル・オータは言った。

「いくつかは覚えたけど、なかなか頭に叩き込めなくて」とソレル・トレントは言った。

ほかは無言だった。ジェイムズ・アディオは防戦といった表情になった。「俺たちの世界に来たのはあいつらなのに、俺たちがあいつらの言語を学ばなきゃだめなのかよ」とつぶやいた。

「アディオさん、もし可能であればかれらは人間の言語を学ぶはずです」ノアはうんざりしたように言った。「実を言うと、ここモハーヴェではかれらは英語の文章を読めるし、書くこともできます――かなり手間をかければ。でも、聴覚がないので、話し言葉はまったく発達していません。人間との会話に使う、身振りと触覚による記号は、私たちとかれらの数名で開発してきたものです。かれらには私たちのような手足がないので、慣れるには少し苦労します。だからかれらから学んで、かれらがどう動くのかを見て、包み込まれるときに肌に触れる記号を感じる必要がある。でも一度覚えてしまえば、どちらの側にとってもうまくいくとわかるはずです」

「かわりにコンピューターに喋ってもらえばいいのに」とセラ・コリアーは言った。「もしそこまでの技術がないのなら、私たちのコンピューターを買うこともできるわけだし」

ノアは目をやることもしなかった。「あなたたちのほとんどは、基本的な記号以上のことを覚えるようには求められません」とノアは言った。「もし、基本的な記号ではカバーしきれない急用があれば、メモを書けば大丈夫です。ブロック体の大文字で書けば、たいていは伝わります。でも、給与が一段階か二段階上の、ほんとうに面白いと思える仕事が欲しいなら、その言語を学ばねばなりません」

「どうやって学べばいいの？」ミシェル・オータは言った。「授業はあるの？」

「授業はありません。あなたに知ってほしいと思うことがあれば、雇用主が教えてくれます。あるいは、あなたから頼めば教えてもらえます。言語の手ほどきは、頼めば確実に与えられる唯一のものです。それから、学ぶように言われても学ばなければ、給料を減らされるという数少ない項目でもある。それは契約に含まれています。あなたに学ぶ気がなくても、学べなくても、かれらは気にしません。どちらにせよ、損をするのはあなたのほうです」

「そんな不公平な」とピエダードは言った。

ノアは肩をすくめた。「なにかすることがあるほうが楽ですし、雇用主と話ができるほうが楽です。ラジオやテレビ、コンピューター、録音したものや録画したものは持ち込めません。紙の本であれば、何冊か持ち込むことはできますが、それだけです。雇用主からの呼び出しがいつあるかはわかりません。一日に何度も呼び出されることもあります。雇用主から、人間をまだ雇ったことのない……親戚に貸し出されるかもしれない。それに、何日もお構いなしのことがあるかもしれませんし、大半の人は、叫んでもほかの人間の耳には届かないところで過ごすことになります」ノアは言葉を切り、テーブルをじっと見下ろした。「正気を保つためには、頭を使う予定を立ててからここに来るほうがいい」

ルーン・ジョンセンが言った。「仕事というのがどんなものか、説明してほしいんですが。信じられないくらい単純なことしか書いていなかったので」

「実際に単純なものです。慣れてしまえば心地よくなってきます。雇用主か、雇用主が指名した誰かに包み込まれることになります。もし包み込んでくる集合体とあなたが意思疎通できるのなら、その集合体が人間の文化について理解できていないか、もっと聞きたいと思うことについて説明したり、話し合ったりすることを求められるかもしれない。私たちの文学や歴史や、ニュースまで読んでいる集合体もいます。問題を出してきて、解いてほしいと言ってくるかもしれない。それなりの時間をドームで過ごして、土地勘がついてくれば、包み込まれていないときにはお遣いに出されるかもしれません。雇用主はあなたの契約をべつの集合体に売却したり、あなたをほかのドームに送るかもしれません。国の外に送ることはしないという点では合意がなされていますし、契約が終われば、モハーヴェ・ドームから出られるようにするという点でも合意がなされています——働きはじめた場所から出ることになります。あなたたちが怪我をすることはありません。生物医学的な実験は行われないし、囚人たちが耐えたような厄介な社会実験もありません。健康を維持するための食べ物と水と寝床はすべて与えられます。もし病気になったり怪我をしたりすれば、人間の医師に診てもらう権利もあります。現在は人間の医師が二人、モハーヴェで働いているはずです」ノアがいったん話を止めると、ジェイムズ・アディオが口を開いた。

「それじゃ、俺らはなにになるんだ?」と強い口調でアディオは言った。「売春婦とか、家飼いのペットとかか?」

セラ・コリアーはすすり泣きに近い音を発した。

ノアは形だけの微笑みを浮かべた。「もちろん、どちらでもありません。でも、言語を学ぶ

までは その両方のように感じるはずです。私たちが予期せず興味深い『もの』であるのは確かですが」ノアはいったん言葉を切った。「私たちは中毒性の麻薬です」グループを見回すと、ルーン・ジョンセンはすでに知っていたことがわかった。それに、ソレル・トレントも知っていた。残りの四人は気分を害し、どう考えればいいかわからず、衝撃を受けていた。

「その効果は、人類と集合体が結ばれる定めであることを示している」とソレル・トレントは言った。「私たちは一緒になる運命なのよ。かれらから教わることは山ほどある」

全員がその言葉を無視した。

「私たちに知性があることを、かれらは理解していると言っていましたね」とミシェル・オータが言った。

「もちろん理解しています」とノアは言った。「でも、かれらにとって大事なのは、私たちの知性をどう思うかではありません。私たちがどう役に立つのかが大事です。それにお金を払っています」

「私たちは娼婦じゃない！」ピエダード・ルイスは言った。「娼婦なんかじゃない！　セックスなんて仕事に入ってない。ありえない。それに、麻薬もない。そう言っていたくせに！」

ノアはピエダードのほうを向いた。ピエダードはしっかりと話を聞いていないうえに、売春や麻薬中毒や病気など、自分が傷ついてしまったり、望むような家庭を築く能力を損なってしまいそうなものを恐れて生きていた。姉の二人はすでに街角で体を売っている。この仕事をすることで、自分だけでなくその姉たちも救いたいと彼女は考えていた。

「セックスはありません」ノアは頷いた。「麻薬というのは私たち自身のことです。私たちを包み込むと、集合体は心地よく感じます。私たちも心地よくなる。それが公平というものでしょう。この世界に適応しきれなくて苦しんでいる集合体も、ときおり私たちの誰かを包み込むと、かなり具合がよくなります」ノアは少し考えた。「人間の場合、猫を撫でると血圧が下がると聞いたことがあります。集合体の場合、私たちの誰かを包み込むことで気持ちが落ち着いて、人間でいえば体で強く感じる郷愁の念が和らぐ」

「じゃあ猫を売りつければいい」とセラは言った。「去勢した猫にすれば、かれらは猫を買い続けるしかなくなる」

「猫や犬は集合体のことが好きではありません」とノアは言った。「さらに言えば、猫や犬はしばらくドームで暮らした人間のことも好きではなくなってしまう。私たちにはわからないなにかを嗅ぎつけるようです。寄っていくとパニックを起こしてしまう。撫でようとすると、嚙んだり引っかいたりしてくる。それがひと月かふた月続きます。私は外に出るときにはいつも、二か月くらいペットにも牧場の動物にも近づかないようにしています」

「包み込まれるというのは、体の上を虫が這っていくのと似ていたりするの？」とピエダードは訊ねた。「なにかが体の上を這うなんて無理」

「いままでのどんな感じとも違います」とノアは言った。「私から言えるのは、痛くはないし、ぬるぬるしたりもしないし、まったく不快ではないということだけです。ありえる問題は、閉所恐怖症に陥るかもしれないということです。ですから、過去に閉所恐怖症の傾向があった人は、すでに選考で落とされているはずです。閉所恐怖症ではない人たちは、かれらに必要とされて幸運だとは言えますね。普通なら手に入らなかった仕事をもらえるわけですから」

「すると、僕たちは選りすぐりの麻薬だということですか?」とルーン・ジョンセンは言った。そして微笑んだ。

ノアも微笑み返した。「そうです。そして、かれらには麻薬を摂取した経験がなく、抵抗感も、どうやら道徳的な問題もありません。かれらは思いもかけず夢中になっています。私たちに」

ジェイムズ・アディオが言った。「これはあんたにとってなにかの復讐なのか? あいつらにされた仕打ちがあるから、俺らに夢中になるように仕向けてるんだろ」

ノアは首を横に振った。「復讐ではありません。さっき言ったとおり、仕事でしかない。これで私たちは生きていけますし、かれらもそうです。私に復讐は必要ありません」

ジェイムズ・アディオは冷めた目でノアを見つめた。「俺なら復讐する」と言った。「そうとも。復讐できないが、復讐したい。あいつらは侵略してきたんだ。俺らの世界を乗っ取った」

「そのとおりですね」とノアは言った。「かれらはサハラ、アタカマ、カラハリ、モハーヴェ、そのほか見つけられた暑く乾燥した土地のほとんどを乗っ取った。つまり、領土に関するかぎり、私たちに必要な土地はほとんどなにも奪っていません」

「それでも、そんな権利はないはず」とセラ・コリアーは言った。「私たちの土地であって、かれらの土地ではない」

「かれらが出ていくことはありません」とノアは言った。

セラは頷いた。「そうかもしれない。でも、死ぬことはありうる!」

ノアはそれを無視した。「いつか、いまから千年後であれば、かれらのなかから出ていく向きもあるかもしれません。数世代にわたって使える、寝台もある船を造って乗り込む。何体かの集合体は起きたまま、船を動かす。ほかはみんな冬眠のようにして過ごす」それは集合体の移動のやり方をひどく単純化したものだったが、基本的には正しかった。「私たちのなかからも、一緒に行くことになる人が出るかもしれません。人類が星の世界を旅するひとつの方法ではあるから」

ソレル・トレントが切なげに言った。「もしかれらを敬えば、一緒に天国に連れていってくれるかもしれない」

ノアはその女を殴りたい気持ちを抑えた。ほかの五人に言った。「これからの二年間が楽になるか辛くなるかは、あなたたち次第です。契約にサインしてしまえば、集合体に怒っていても、かれらを憎んでいても殺そうとしたとしても、手放してはもらえないことは肝に銘じておいてください。ついでに言っておくと、集合体を殺すことは可能だと私は信じていますが、それは生きとし生けるものはすべて死ぬものだと信じているからです。これまでに、死んだ集合体を目にしたことはありません。内的激変とでも言えそうな状態になったのは二度見たことがあります。そうした集合体を作る個体がばらばらになって、ほかの集合体に入っていった。それが死なのか、生殖なのか、その両方なのかははっきりしません」ノアは深く息を吸い、吐き出した。「私たちのなかで集合体とすらすら話ができる人ですら、かれらの生理機能のことはあまりよくわかっていません。

最後に、ちょっとした歴史をお話ししておきます。それが終わったら、あなたたちに付き添って雇用主に紹介します」

「ということは、僕らは採用されたんですか？」とルーン・ジョンセンが訊ねた。

「おそらくまだです」とノアは言った。「最終テストがあります。入っていくと、それぞれが雇用主の候補に包み込まれます。それが終われば、何人かには契約が提示されます。そうでない人にはそれなりの額の足代が渡されますが、それだけです」

「その……包み込まれるのが……そんなに早くにあるとは思っていなかった」とルーン・ジョンセンは言った。「なにかアドバイスは？」

「包み込まれることに関して？」ノアは首を横に振った。「なにもありません。いいテストにはなります。集合体に耐えられるかどうかがわかるし、かれらのほうはあなたを求めているのかどうかがわかる」

ピエダード・ルイスは言った。「先に話しておきたいんですよね——歴史のことを」

「そうです」ノアは椅子の背にもたれた。「広く知られている話ではありません。学校に通っていたときにどこかに載っているかと思って探してみましたが、見つかりませんでした。私を収監していた軍と異星人たちだけが知っているようでした。異星人からは、私を外に出す前に話を聞きました。それを知っていたせいで、軍の囚人だったときには散々な仕打ちを受けました。

どうやら、異星人たちが植民地を創設するつもりだと明らかになったとき、核による総攻撃が行われたようです。数か国の軍が、かれらが着陸する前に空から撃退しようと試みて、失敗しました。それは誰でも知っています。でも、集合体が各地にドームを設置するや、もう一度攻撃の試みがありました。そのとき、私はすでにモハーヴェ・ドームに囚われていました。どうやって攻撃が跳ね返されたのかは見当もつきませんが、私が知っていて、尋問のなかで軍も認めたことがあります——ドームに向かって発射されたミサイルは、ひとつたりとも爆発しなかった。爆発するはずだったのに、しなかった。そして、しばらくしてから、発射されたミサイルのちょうど半数が返却されました。弾頭つきで無傷のまま、ワシントンDCのホワイトハウス周辺にばらまかれているのが見つかりました。一発は大統領執務室のなかでした——合衆国議会議事堂でも、ペンタゴンでも見つかりました。中国ではゴビ・ドームに向けて放たれたミサイルの半数が、北京周辺にばらまかれていた。ロンドンとパリには、サハラとオーストラリアからミサイルの半数が返されました。パニックと、混乱と、怒りがありました。でも、そのあと、その『侵略者たち』、『異星人の雑草ども』は、多くの言語で私たちの『客』や『隣人』、さらには私たちの『友達』になっていきました」

「核ミサイルの半数が……返却された？」ピエダード・ルイスはささやき声になっていた。

ノアは頷いた。「そう、半数です」

「じゃあ、残りは？」

「どうやら、残りの半数は集合体の側がまだ持っています——地球に持ってきた武器なり、ここに来てから作った武器なりがあれば、それと一緒に」

沈黙。六人はお互いを見つめ、それからノアに目を向けた。

「短く、静かな戦争でした」とノアは言った。「私たちは負けました」

セラ・コリアーは陰鬱な目でノアを睨んだ。「でも……それでも、できることはあるはず。どうにか戦えるはず」

ノアは立ち上がり、座り心地のいい椅子を押しやった。「そうは思いません」と言った。「雇用主たちが待っています。そろそろ向かいましょうか」

あとがき

「恩赦」のもとになったのは、ロスアラモス国立研究所の李文和博士の身に起きたことだった。一九九〇年代、不正を働いたという証拠もないまま、人は職も自由も剝奪され、名声を踏みにじられるのだということに、私がまだショックを受けることができたころの出来事だ。そのときの私は、この手のことがごく当たり前になる日常が待っているのだとはまったくわかっていなかった。

マーサ記

「大変なんじゃないかな」と、神はくたびれた笑顔で言った。「生まれて初めて、君は完全に自由になった。それはものすごく大変なことじゃないかな?」

マーサ・ベスはあたりの果てしない灰色を見渡した。彼女に見えるのは、神とその灰色だけだった。恐怖と混乱に襲われ、大きな黒い顔を両手で覆った。「目が覚めてくれたらいいのに」と小声で言った。

神は無言のままだったが、顕著で心乱されるほどの存在感があり、無言のなかでも叱責されているようにマーサには思えた。「ここはどこ?」と訊ねたが、本心では知りたくなかった。まだ四十三歳なのに死んだなんて嫌だった。「私はどこにいるの?」

「ここに、私といる」と神は言った。

「ほんとうにここに?」マーサは言った。「家で寝ていて夢を見ているのではなく? 精神科に閉じ込められているのでもなく? それに……死体安置所で横になっているのでもなく?」

「ここに」神はもの柔らかに言った。「私といる」

しばらくして、マーサは顔から両手を離し、周囲の灰色と神をもう一度見られるようになった。「ここが天国のはずがない」と彼女は言った。「ここにはなにもないし、いるのはあなただけだし」

「それしか見えないのかな？」と神は訊ねた。

その言葉に、マーサはさらに混乱した。「私になにが見えているのかわからないの？」と問いかけ、それからすぐに声を和らげた。「あなたはすべてを知っているのでは？」

神は微笑んだ。「いや、もうその芸当はとっくの昔に卒業した。あれがどれほど退屈だったか、君にはわからないだろう」

その言葉は意外にも人間らしい響きであり、マーサの恐れは少し和らいだ——とはいえ、まだありえないほど混乱していた。そして思い出した。自分はパソコンの前に座っていて、その日取り組んでいた五冊目の小説の原稿を仕上げようとしているところだった。執筆はわりあいうまくいっていた。新しい物語を何時間も紙に書きつけ、生きがいである創作の熱狂に浸っていた。ようやく手を止め、パソコンの電源を切ると、体がこわばっていることに気がついた。腰が痛かった。空腹で喉も渇いていた。もう午前五時前だった。徹夜で執筆に取り組んでいた。あちこちが疼き、痛みもあったが楽しい気分で立ち上がり、食べるものはないかと台所に行ったのだ。

ところがいま、ここにいて、混乱して怯えている。小ぢんまりとした家は消え失せ、この驚くべき人物の前に立っている——これは神だ、そうでなくても神と同じほどの力があるのだと一瞬でわかる人物の前に。マーサに取り組んでもらいたい務めがあるという。彼女にとっても、全人類にとっても非常に大事な務めを。

もし、怯える気持ちがそこまで大きくなければ、笑ったかもしれない。漫画やB級映画以外で、そんな台詞を口にする人がいるだろうか？

思い切って訊ねてみた。「どうして、あなたは人の倍くらいも身長のある、髭面の白人男性みたいな外見なの？」実のところ、玉座のような巨大な椅子に座っている神は、マーサからすればミケランジェロのモーゼ像を実在の人物にしたようだった。その彫像を、二十年ほど前に美術史の教科書で見た記憶があった。ただし、今回の神はミケランジェロのモーゼ像のように肌を出さず、首から足首まで、イエス・キリストの絵でよく見かける白く長いローブを身に纏《まと》っている。

「君に見えるのは、自分の人生で積み重ねてきたものだ」と神は言った。

「実際にあるものが見たいのに！」

「そうかな？　マーサ、なにを見るのかは君次第だ。すべては君次第だよ」

マーサはため息をついた。「ちょっと腰を下ろしても？」

すると彼女は座っていた。腰を下ろしたのではなく、気がつけば、ほんの少し前まではそこになかったはずのゆったりした肘掛け椅子に座っていた。これもまた芸当だ、とマーサは憤慨した——灰色や、玉座にいる巨人や、自分がいきなりここにいるのと同じように。そのひとつひとつが、彼女をさらに驚かせ怯えさせようという試みなのだ。そしてもちろん、その狙いどおりになっていた。マーサは驚き、ひどく怯えていた。それどころか、自分を操っている巨人が気に食わず、そのことでさらに怯えてしまった。どう見ても、心の内を神に読まれている。どう見ても罰せられ……。

怖いながらも、どうにか口を開いた。「取り組んでほしい務めがあると言っていたけど」そこで言葉を切り、両唇を舐めると、声音を落ち着かせようとした。「私になにをしてほしいの?」

神はすぐには答えなかった。マーサに向けた目つきは、面白がっているように見える。そうして目をずっと向けられていると、彼女はさらに落ち着かなくなった。

「私になにをしてほしいの?」と繰り返すマーサの口調は、前よりも強かった。

「かなり大きな務めに取り組んでもらいたい」と、神はようやく言った。「話を聞くにあたって、念頭に置いてもらいたいのは三人だ。ヨナ、ヨブ、ノアだ。その三人のことを思い出してほしい。かれらの物語に導いてもらうといい」

「わかった」と彼女が言ったのは、神が話すのをやめたので、なにか言ったほうがいいと思ったからだ。「わかった」

マーサは子どものころには教会にも日曜学校にも通い、聖書の授業も夏休み中の聖書学校の授業も受けた。マーサを産んだとき母親はまだ子どもであり、母親とはどういうものかろくにわかってはいなかったが、自分の子どもには「良い子」でいてほしいと思っていたし、母親にとって「良い子」とはすなわち「信仰心がある子」ということだった。その結果、マーサはヨナとヨブとノアについて聖書にどう書かれているのかはかなりよく知っていた。その三人の話は文字通りの史実というよりも寓話だと考えるようになっていたが、しっかり覚えていた。神はヨナに、ニネベの都に行ってその住民たちに行いを改めるよう伝えさせようとした。怖くなったヨナはその務めからも神からも逃げようとしたが、神の手によって船が難破させられ、大きな魚に飲み込まれ、逃れられはしないのだと思い知らされた。

ヨブは捨て駒のようにして、神とサタンのあいだの賭けによって財産も子どもも健康も奪われてしまった。そして、神がサタンに与えた許可によってどんな仕打ちを受けても信仰心を失わなかったことで、ヨブは神からの褒美として、さらなる富と新しい子どもたち、そしてかつての健康を与えられた。

ノアに対してはもちろん、神は方舟を造ってみずからの家族と多くの動物たちを救うように命じた。世界を洪水で沈め、人も動物もすべて殺すことに決めていたからだ。

どうして、聖書の物語のなかでも、とりわけこの三つを思い出せというのだろう。三人はマーサにどんな関係があるのだろう――とくに、ヨブとその数々の苦しみは？

「君にしてもらうのは」と神は言った。「人類がいまの欲深く残忍で無駄に満ちた思春期を乗り越えられるよう手助けすることだ。人類がいまほど破壊的でなく、より平和で持続する生き方を見つけられるように」

マーサは神をまじまじと見た。しばらくして、弱々しく言った。「……どういうこと？」

「君が手助けしなければ、人類は滅ぼされる」

「人類を滅ぼすつもりだと……もう一度？」

「もちろん違う」神はむっとした声で言った。「かれらは自分たち数十億人を滅ぼそうというところまで深入りしている。人類を支える地球の能力を大きく変えてしまっているからだ。そこで手助けが必要になる。そこで、君の出番だ」

「どうやって？」とマーサは訊ねた。首を横に振った。「私になにができると？」

「大丈夫」と神は言った。「君にお告げを持って帰ってもらっても、人々はそれを無視するか、都合のいいようにねじ曲げてしまう。そもそも、その手のことをしようにも手遅れなわけだが」神は玉座の上で体を動かし、首を傾げてマーサを見つめた。「私の力を少し貸そう」と神は言った。「その力をうまく使って、人々がお互いによりよく接し、自分たちの環境をより賢く扱えるようにしてほしい。人類が自力でしているよりも、生き延びられる可能性を高める。私が力を貸して、君にやってもらう」神は話を止めたが、今回は、マーサはなにも言うことを思いつかなかった。しばらくして、神は話を続けた。

「その務めを終えたら、君は人類のもとに戻り、また底辺のひとりとして生きることになる。それがどういうことかは君に決めてもらうことになるが、どう決めたとしても、そこが社会の最底辺、もっとも卑しい身分なり階級なり人種となり、君はそこで生きる」

神が話を止めると、マーサは笑い声を上げた。数々の問いや恐怖、苦々しい笑いに襲われたが、飛び出てきたのは笑いだった。笑うほかなかった。どういうわけか、それで力が出た。

「私は社会の底辺で生まれた」とマーサは言った。「それは知っていたはず」

神は答えなかった。

「知っていたはず」マーサは笑うのをやめ、泣くのをどうにかこらえた。立ち上がると、神のほうに踏み出した。「知らなかったはずがない。私は貧しい黒人で、しかも女性で、私を産んだときの母は十四歳でろくに本も読めなかった。子ども時代の半分は自分の家もなかった。あなたの目には、それで底辺に見えるかしら？　私は底辺に生まれたけど、そこから抜け出した。母をそのまま見捨てることもしなかった。だから、そこに戻るつもりはない！」

それでも、神はなにも言わなかった。微笑んだ。

その微笑みが怖くなり、マーサはまた腰を下ろした。自分が怒鳴っていたことに気がついた——神を怒鳴りつけてしまった！　しばらくして、小声で言った。「それが理由で、私をこの……この務めに選んだの？　私がそこの生まれだから？」

「君がどんな人間であり、どんな人間ではないのかをもとに選んだ」と神は言った。「もっと貧しく、もっと虐げられた者を選ぶこともできた。君を選んだのは、君にこそ取り組んでもらいたいと思ったからだ」

神がむっとした口調になっているのかどうか、マーサにははっきりとはわからなかった。この仕事を果たすべく選ばれたのが名誉なことなのかどうかもはっきりしない。あまりに大きく、あまりに曖昧で、あまりに非現実的な仕事だ。

「家に帰して」マーサは小声で言った。そしてすぐに情けない気持ちになった。哀れな口調で、懇願し、自分を貶《おとし》めている。だがそれは、ここまで口にしたなかでもっとも正直な言葉だった。

「訊ねたいことがあれば自由に訊ねてもらっていい」と、神はマーサの嘆願などまるで耳に入らなかったかのように言った。「反論するなり考えるなり、閃きや戒めを探して人類の歴史のすべてを調べてもらってもいい。そうしたことにどれくらい時間をかけようと、それは君の自由だ。先ほど言ったように、君は完全に自由だ。怖がろうとそれは自由だよ。ただし、この務めは果たしてもらう」

マーサはヨナとヨブとノアのことを考えた。しばらくして、頷いた。

「よし」と神は言った。立ち上がると、彼女のほうに踏み出した。身長はゆうに三五〇センチはあり、人間離れした美しさだった。文字通り光り輝いている。「一緒に歩こうか」

すると突然、神は三五〇センチの背丈ではなくなっていた。マーサにはその変化がまったく見えなかったが、いままでは神は一八〇センチ弱、マーサと同じ高さになり、もう光り輝いてはいなかった。いま、神から見つめられ、目と目が合っている。神はほんとうにマーサを見つめていた。マーサがなにかのせいで心乱れていることを見て取ると、訊ねてきた。「今度はどうした？　私には羽毛のついた翼があるとか、目もくらむ光輪があるとか思っていたのか？」

「光輪がなくなっている」とマーサは答えた。「それに、あなたの体は前よりも小さくなっている。前よりも普通に見える」

「よし」と神は言った。「ほかにはなにが見える？」

「なにも。灰色だけ」

「それも変わるだろう」

二人は凸凹がなく、固く平らなところを歩いているようだったが、マーサが下を向いても自分の足は見えなかった。あたかも、足首の高さまで地面を覆う霧のなかを歩いているかのようだった。

「私たちはどこを歩いているの？」とマーサは訊ねた。

「どこにしようか」と神は言った。「歩道か。浜辺の砂か。土の道か」

「気持ちのいい緑の芝生がいい」とマーサは言うと、短く刈った緑色の草地の上を自分が歩いているとわかっても、どういうわけか驚かなかった。「それに木もあったほうが」と思いついて言い、自分でもそれが気に入った。「日光もほしい——青い空にいくつか雲がある。五月か六月初めのころで」

すると、そうなった。ずっとそうだったかのように。二人が歩いているのは、街なかの広大な公園だと言ってもよさそうなところだった。

マーサは大きく見開いた目を神に向けた。「こういうことなの？」と小声で言った。「私に求められているのは、人類をどう変えるのかを決めて、それを……それを言えばいいということ？」

「そう」と神は言った。

すると、マーサは高ぶった気分から一変し、またもや怯えてしまった。「もし変なことを言って、過ちを犯してしまったら？」

「言ったようになるだろう」

「でも……人が傷つくことになる。死ぬかもしれない」

神は深紅のノルウェーカエデの大木のところへ行き、その下にある横長の木のベンチに腰を下ろした。ほんの少し前にはなかった大木と座り心地のよさそうなベンチを神が創り出したということに、マーサは気がついた。それでも、今回もいかにもさりげなく起きたので動揺はしなかった。

「楽なものね」とマーサは言った。「いつもこんなに楽なの？」

神はため息をついた。「いつもだよ」と言った。

マーサはそのことについて考えた。神のため息。マーサではなく木々のほうにやった視線。なにもかもが楽なまま永遠に続くというのも、また地獄なのではないか。それとも、そう考えるのは人生でもっとも冒瀆《ぼうとく》的なことだろうか。「人を傷つけたくはない」とマーサは言った。

「たまたまのことであっても」

神は木々から目を離し、数秒間マーサを見つめてから言った。「君は一人か二人子育てをしたほうがよかっただろうな」

じゃあ、一人か二人子育てをした人を選べばよかったじゃないか、とマーサは苛立った。だが、それを口に出す勇気はなかった。そのかわりに言った。「私が誰も傷つけたり殺したりすることのないようにあらかじめ手を回してくれない？　その、私は素人だから。馬鹿な真似をして人々をごっそり消してしまって、現実に起きてからでないと自分がやったことに気がつかないかもしれない」

「あらかじめ手を回したりはしない」と神は言った。「君は自由にしていい」

マーサは神のそばに腰を下ろした。果てしなく広がる公園をぼんやり見やるほうが、立って神を見下ろし、怒らせてしまうかもしれないような質問をするよりも楽だったからだ。「なぜ、それを私の務めにしようと？　なぜ自分ではやらないの？　やり方は知っているはず。間違いを犯さずにできる。なぜ私にさせようと？　私はなにもわかっていないのに」

「まったくそのとおり」と神は言った。そして微笑んだ。「それが理由だ」

それを考えると、マーサの恐怖はさらに大きくなった。「ということは、あなたにとってはただの遊びだと？」と訊ねた。「退屈したから、私たちで遊んでいるわけ？」

神はその問いかけをじっくりと考えているようだった。「退屈してはいない」と言った。どういうわけか喜んでいるようだった。「君はなにを変えるのかについて考えるべきだ。それについて話し合ってもいい。いきなり宣言する必要はない」

マーサは神を見つめ、足元の芝生をじっと見て、頭を整理しようとした。「わかった。どうやってはじめれば？」

「考えてほしいのは、たったひとつだけ変えられるとすれば、どんな変化をもたらしたいのかということだ。ひとつ重要な変化を考えてほしい」

マーサはまた芝生を見つめ、自分が書いてきた小説のことを考えた。もし、人類がどこかひとつ、いい方向に変わらねばならないという小説を書くとしたら？「じゃあ」と、しばらくして言った。「人口が増えていることで、ほかの問題もかなり悪化している。人々が作れる子どもの数は二人までにするというのは？ つまり、子どもがほしい人たちは、どれだけたくさんほしくても、そのためにどれだけ医療の助けを借りても、二人までしか作れないようにしてみたら？」

「ということは、人口が一番の問題だと？」

「そう思う」とマーサは言った。「人が多すぎる。それを解決できたら、ほかの問題を解決する時間の余裕ができる。それに、人口については自力では解決できない。みんな知っているのに、認めようとしない人たちもいる。それに、子どもを何人持つべきかを強大な権力者なんかに指図されたいとは誰も思わない」ちらりと神に目をやると、礼儀正しく耳を傾けているようだ。どこまで言わせてもらえるのだろう、とマーサは自問した。どういう発言なら気分を害するのか。もし気分を害したら、彼女になにをするのだろうか。「だから、二人子どもができたところで全員の生殖能力は停止する」とマーサは言った。「といっても、寿命はこれまでと変わらないし、病気にもならない。もう子どもができなくなるだけで」

「人々はあがくだろう」と神は言った。「ピラミッドや大聖堂や、月面ロケットを造るために注いだ努力など霞《かす》むほどの規模で、かれらからすれば不妊という疫病を終わらせようと全力を注ぐだろう。子どもが死んでしまったり、重い障がいがある場合はどうだろう？　最初の子どもが強姦された結果だった女たちはどうなる？　代理出産はどうなる？　自覚のないまま父親になった男たちはどうなる？　クローン技術は？」

マーサは悔しそうに神をじっと見た。「だから、あなたがやるべきなのに。複雑すぎる」

沈黙。

「わかった」マーサはため息をついて諦めた。「わかったから。事故や最新の医学や、クローン技術なんかがあっても、子どもは二人という上限は保持されるということにする。どうすればそんなふうに進められるのかはわからないけど、あなたはわかっている」

「そう進めることはできる」と神は言った。「けれども、覚えておいてほしい。君はもう一度ここに来て、起こした変化を訂正することはない。君が決めたことを抱えて人々は生きることになる。今回の場合は、それを抱えて死んでいくというほうが近い」

「え」とマーサは言った。しばらく考えてからまた言った。「え、そんな」

「かれらは何世代かは持ちこたえるだろう」と神は言った。「けれども、数はつねに減り続けることになる。最後には消滅する。いつもある病気や障がい、災害や戦争、故意の不妊や殺人などがあっても、それを埋め合わせることはできないわけだから。マーサ、現在に必要なものだけでなく、未来に必要なものも考えてほしい」

「考えているつもりだった」とマーサは言った。「じゃあ、子どもの上限を二人でなく四人にしたら？」

神は首を横に振った。「自由意志と道徳の組み合わせは、なかなか興味深い実験だった。自由意志にもいろいろな形があるが、それは間違いを犯す自由でもある。間違いの塊のひとつが、べつの間違いの塊を打ち消してくれることもある。そのおかげで、人の集団がそれなりの数をもって救われてきた。当てにはできないけれどね。ときには、間違いにより人々が消し去られたり、奴隷の身になったり、自分たちの土地か水か気候をひどく損なうか変えるかしたせいで故郷から追われることもある。自由意志はなにかを保証してくれるわけではないといっても、潜在的には役に立つ道具だから――あっさり消してしまうのはもったいない」

「私に期待されているのは、戦争や奴隷制や環境破壊を止めることだと思っていたのに！」自分の同胞たちの歴史を思い出してマーサはかっとなった。神がそうしたことについてかくも鷹揚に構えているとは、いったいどういうことなのか。

神は笑い声を上げた。びっくりするような声だった――深く、張りがあり、マーサが思うに場違いに楽しそうだ。どうして、この話になったら笑い出したのだろう。この男は神なのだろうか。サタンだろうか。母親の努力も虚しく、マーサは神もサタンも存在するとは信じられないままだった。いまは、どう考えればいいのかわからない――どうすればいいのかも。

神は気持ちを落ち着け、首を横に振ると、マーサを見つめた。「まあ、急がなくてもいい」と言った。「マーサ、新星とはなにか知っているかな？」

マーサは眉をひそめた。「それは……爆発する星のことでは」と言い、自分の疑念から気を逸《そ》らしたいと思い、それを熱望してすらいた。

「一対の星だ」と神は言った。「大きいほう、つまり巨人と、かなり密度の高い小人星だ。小人のほうが巨人から物質を吸い取っていく。しばらくすると、小人は自分が制御しきれないほどの余剰物質を奪ってしまい、爆発する。必ずしもみずからを破壊するわけではないが、相当な量の物質を放出する。かなり眩しく、激しい姿を見せる。ところが、活動が落ち着くと、その小人はまた巨人から物質を吸い取るようになる。それを何度でも繰り返す。それが新星だ。それを変え、二つの星を引き離したり、二つの密度を同じにしたりすると、もう新星ではなくなる」

マーサは耳を傾け、望まないながらも神の言わんとすることを理解した。「つまり、もし……もし人間を変えてしまえば、それはもう人間ではなくなるということ？」

「それ以上のことだ」と神はマーサに言った。「私が言っているのは、ほんとうにそうなるとしても君に任せるということだ。人類に対してなされるべきだと君が決めたことはなされる。だが、なにをしたとしても、君の決めたことには結果がついて回る。生殖能力を制限すれば、おそらく人類を滅ぼすことになる。人類の競争心や発明の才能を制限すれば、かれらが直面せねばならない多くの災害や困難を克服して生き延びる能力を破壊することになるかもしれない」

ひどくなる一方だ、とマーサは思い、実際に恐怖のあまり吐きそうになった。神から顔を背《そむ》け、自分の体に両腕を回して出し抜けに泣き出した。涙が頬を伝った。しばらくすると、洟《はな》をすすり上げ、なにも持っていなかったので両手で顔を拭った。「もし断ったら私をどうするつもり？」と、ヨナとヨブのことを思い浮かべつつ訊ねた。

「なにも」神の声音には苛立った響きすらなかった。「君は断らないだろう」

「でも、もし断ったら？　やってみるに値することをひとつも思いつかなかったら？」

「そういうことにはならない。とはいえ、どういうわけかそうなって、君が希望するなら、家に帰ってもらう。なんといっても、この務めに取り組めるならすべてをなげうってもいいという人は数百万といるから」

瞬時に、そうした人たちがマーサの頭に浮かんだ――社会のなかで自分が憎むか恐れている集団を一掃したがるだろう人、どれほどの苦しみを生もうとも巨大な独裁制を打ち立て、すべての人々をひとつの型に押し込むだろう人。それから、その務めをふざけて扱うような人はどうだろう――単なる勧善懲悪のコンピューターゲーム扱いにして、あとは野となれ山となれという人。そういった人たちはいる。マーサの身のまわりにも。

だが、神はそういった人を選びはしないだろう。ほんとうに神だとすれば。そもそも、どうしてマーサを選んだのか。大人になってからずっと、神を文字通りの神として信じたことすらなかった。神であろうとなかろうと、この恐ろしいほど力のある存在が彼女を選ぶことができるのなら、もっとひどい人を選ぶこともできるわけだ。

しばらくして、マーサは訊ねた。「ノアのような人は実在した？」

「世界規模の洪水にひとりで対処した男というのなら違う」と神は言った。「だが、より小さな災厄に対処せねばならなかった人は多くいた」

「少しばかり救ってあとは死ぬに任せよ、とあなたに命じられた人たちが？」

「そうだ」と神は言った。

マーサは身震いし、また神のほうに向き直った。「それでどうなったの？　その人たちは正気を失ってしまった？」自分でも、非難と嫌悪が声に滲んでいるのがわかった。

神はその質問を単なる質問として聞くことにした。「狂気に逃げ込んだ者もいれば、酒に逃げた者も、性的放縦に逃げた者もいた。みずからの命を絶った者も。生き延びて、長く実りある生を全うした者もいた」

マーサは首を横に振り、黙ったままでいた。

「もうそんなことはしない」と神は言った。

しないだろう、とマーサは思った。べつの楽しみを見つけたのだから。「どれくらい大きな変化をもたらすべき？」と訊ねた。「あなたが満足して私を手放してくれて、かわりの誰かを連れてこないようにするにはどうすれば？」

「どうだろう」と神は言い、微笑んだ。もたれかかっている木に頭を預けた。「君がなにをするのか知らないからね。素敵な気分だな――わからないまま楽しみにできるというのは」

「私からすれば素敵ではないけど」マーサは苦々しく言った。しばらくして、口調を変えた。「私からすれば違う。だってなにをすればいいのかわからないから。ほんとうにわからない」

「君は物語を書くのを仕事にしている」と神は言った。「登場人物や設定、問題や解決を創り出している。私が与えた務めよりもささやかなものだが」

「でも、実際にいる人たちの生活に介入することになる。私はやりたくない。なにか恐ろしい間違いをしてしまいそうで」

「質問があれば答える」と神は言った。「言ってみなさい」

マーサは質問したくはなかった。だが、しばらくすると折れた。「具体的に、あなたが求めているのはなに？　理想郷？　私は理想郷など信じてはいない。全員が満足して、望むものを手にできるように社会を調整できるとは思えない」

「ほんのわずかな期間しか無理だろう」と神は言った。「それを過ぎれば、人は隣人が持っているものがほしかったのだと思うようになる。あるいは、隣人をなんらかの形で奴隷にしたいとか、隣人に死んでもらいたいとか。そうはいっても、気にすることはない。マーサ、君に理想郷を創ってほしいと頼んでいるわけではない。とはいえ、君がなにを思いつくのかには興味がある」

「では、私になにをしてほしいと？」

「もちろん、人類を助けてほしい。君もそうしたかったのだろう？」

「ずっとそう」とマーサは言った。「でも、まともには助けられずじまいだった。飢饉、流行病、洪水、火事、強欲、奴隷制、復讐、愚かな、ほんとうに愚かな戦争……」

「いまならそれができる。もちろん、そのすべてを終わらせるには人類そのものを終わらせるしかないが、問題を少し減らすことはできる。戦争の数を少なくし、強欲さを和らげ、環境に対してはより慎重になって配慮する……それにはどうすればいいだろう？」

マーサは自分の両手を、そして神を見た。神の話を聞いているときにふと思いついたことがあったが、あまりに単純かつ突飛に思えたし、彼女自身にとっては痛ましすぎるような気もした。できるだろうか？　するべきだろうか？　もしそうなったなら、ほんとうに助けになるだろうか？　彼女は訊ねた。「バベルの塔のようなものは実在したの？　突然、人々がお互いの言っていることを理解できないようにした？」

神は頷いた。「それも、何度か、なんらかの形で起きたことだ」

「じゃあなにをしたの？　どうにかして人の思考を変えたとか、記憶を改変したとか？」

「そう、どちらもやった。とはいえ、文字が登場する前は、人々を物理的に分かち、ある集団を新しい土地に送るか、口の形を変えるような習慣を与えてしまえば済んだ——成人の儀式で前歯を折ってしまうといったことで。あるいは、ほかの仲間たちが大事だとか神聖だとか思っているものへの強い嫌悪感を植え付けて——」

自分でも驚いたことに、マーサは話に割り込んだ。「じゃあ、人々の……なんというか、脳の働きを変えてみたらどうだろう。そうすることはできる？」

「面白い」と神は言った。「そして、おそらくは危険だ。だが、決めたならそうすることはできる。なにをしようと思っているのかな？」

「夢」とマーサは言った。「強力で、逃れようがなく、現実味のある夢を、眠るたびに見てしまうようにする」

「つまり」と神は訊ねた。「夢を通じてかれらになにかを教え込むべきだと？」

「そうかもしれない。でも、どうにかして、人はかなりの力を夢に使うべきだと思う。夢を見ているあいだに、個人的に最高だと思う世界を手にしてもらう。いま見ているたいていの夢よりも、はるかに現実味があって強烈な夢にする。人が一番したいことを夢のなかではできるようにして、それぞれの興味に応じて夢が変わるようにする。人がなにに惹かれ、なにを望むにせよ、眠るときにはそれを手に入れられる。というか、それから逃げられない。薬も手術も、なにをしても夢を遠ざけることはできない。それに、現実よりも夢のほうがはるかに深く、はるかに完全に満足できるようにする。つまり、夢を実現するための努力にではなく、夢自体に満足感があるように」

神は微笑んだ。「どうして?」

「人々には実現可能な唯一の理想郷を手に入れてほしい」マーサはしばらく考えた。「それぞれの人は毎晩、自分だけの完全な理想郷を手に入れることになる——あるいは、不完全な理想郷を。もし紛争や苦闘を求めてやまないのなら、それを手に入れる。平和や愛を求めるのなら、それを手に入れる。望むもの、求めるものがなんであっても、それを見ることになる。もし人々が毎晩……自分にとっての天国に行けるのなら、起きているあいだにお互いを支配したり破壊したりしようという意欲が鈍るかもしれない」マーサはためらった。「そうじゃない?」

神はまだ微笑んでいた。「そうなるかもしれない。依存性の薬物のように夢に乗っ取られる人も出てくるだろう。どうにかして自分の夢に抗おうとする人も出てくる。なにをしようと夢には及ばないのだから、人生に見切りをつけて死ぬことにする人も出てくるだろう。夢を楽しみ、いつもの生活を続けようとする人もいるだろうが、かれらにしても、他人との関係に夢が入り込むことになる。人類全体としてはどうなるか? それはわからない」神は興味をそそられ、興奮しているかとすら思えた。「最初は一気に活力を失ってしまうだろう——慣れるまでは。慣れることはあるだろうか」

マーサは頷いた。「活力を失うというのはそのとおりだと思う。たいていの人は、物事の多くに関心を持てなくなる——本物の、はっきり目を覚ましてのセックスを含めて。本物のセックスは健康にも自尊心にもリスクがある。夢のセックスなら素敵で、なんのリスクもない。しばらくは、生まれる子どもの数も減る」

「そして、生き延びられる子どもの数も減る」と神は言った。

「どういうこと？」

「親によっては、夢に没入しすぎて子どもの面倒を見られない者も出てくる。子どもを愛し育てるのにもリスクはあるのだし、きつい務めだから」

「そんなことにはならないはず。自分の子どもの世話をするのは、夢がどうであれ親が現実にやりたいことのはずだから。私は無視された子どもが大量に出る原因にはなりたくない」

「それでは、大人にせよ子どもにせよ、人には夜になれば鮮やかで願いの叶う夢を見てもらいたいが、親にはどうにかして夢よりも子育てを大事にしてもらい、子どもたちは夢の誘惑によって親から離れてしまうのではなく、夢などないかのように親との関わりを欲して求めるべきだ、ということだね？」

「可能なかぎり」マーサは眉をひそめ、そのような世界に生きるのはどんな感じか想像しようとした。人々はまだ本を読むだろうか。ひょっとすると、夢の糧にするために読むかもしれない。自分はまだ本を書くことができるだろうか。書きたいと思うだろうか。大事だと思う唯一の仕事を失ってしまったら、自分はどうなるだろうか。「人々は引き続き自分の家族や仕事を大事に思うべき」と彼女は言った。「夢が自尊感情を損なうべきではない。公園のベンチや路地裏なんかで夢を見ることに満足してもらったら困る。私としては、夢によって世の中が少しのんびりしたものになってほしい。あなたが言ったように攻撃性や強欲を少しばかり和らげる。

満足感ほど人をのんびりさせるものはないし、その満足感が毎晩得られる」

神は頷いた。「じゃあ、決まりかな？　それをやってみるということで」

「ええ。というか、そう思う」

「ほんとうに？」

マーサは立ち上がり、神を見下ろした。「それが私のすべきことなの？　それでうまくいく？　教えてほしい」

「それはほんとうにわからない。わかりたくはない。すべてがどう出るのかを見守りたい。前にも夢を使ったことはあったが、こういうやり方ではなかったから」

神は見るからにうれしそうだったので、マーサはその案を完全に撤回しそうになった。神は恐ろしいことを面白がるたちのようだった。「少し考えさせて」とマーサは言った。「しばらく独りになっても？」

神は頷いた。「話がしたくなったら、声を出して呼びかけてくれたらいい。君のところに現れるから」

すると、マーサは独りになっていた。独りで、見た目も感じも自分の家らしきところにいた——ワシントン州シアトルにある、ささやかな家に。自分の家の居間にいた。

なんとなくランプをつけて立ち、自分の本を眺めていた。居間の壁の三方は本棚に覆われていた。本はいつもの順番に並んでいる。何冊かを次々に手に取った。歴史、医学、宗教、芸術、犯罪。開いてみると、やはりどれも自分の本で、長編や短編のための調べ物で下線を引いたり書き込みをしたりしてあった。

自分はほんとうに家にいるのだ、とマーサは信じはじめた。それまでは奇妙な白昼夢を見ていて、ミケランジェロのモーゼ像に似た神に会い、人類をもう少し自己破壊的でなくするための方法を考え出すよう命じられていた。その経験は完全に、不気味なほど現実味があったが、現実にあったはずがない。あまりに馬鹿げている。

マーサは大きな窓のところに行き、カーテンを開けた。彼女の家は丘の上にあり、東向きだった。最高の贅沢は、丘をほんの数ブロック下ったところにあるワシントン湖の見事な眺めだった。

だが、いまは湖がない。外にあるのは、先ほど念じて出現させた公園だった。正面の窓から二十メートルくらいとおぼしきところには、あの赤いノルウェーカエデの大木と、マーサも腰を下ろして神と話をしたベンチがある。

ベンチはもう無人で、深い影に隠れている。外は暗くなってきていた。

カーテンを閉じ、部屋を照らすランプを見つめた。一瞬、トワイライト・ゾーンばりのこんな場所にランプがついていて電気を使っていることが心配になった。自分の家はここに瞬間移動してきたのか、それとも複製されたのか。それとも、このすべては複雑な幻覚なのか。

マーサはため息をついた。ランプはついている。それを受け入れるにかぎる。部屋には明かりがある。部屋が、家がある。どうやってそれが成立しているのかには首を突っ込まなくていい。

台所に行くと、前にあった食べ物はすべて揃っていた。ランプと同じように、冷蔵庫もクッキングヒーターも、オーブンも動く。食事を作ることができる。少なくともそれは、このところ出くわしたものと同じくらい現実になるだろう。それに、マーサはお腹が空いていた。戸棚からツナ缶とディルとカレー粉の容器、冷蔵庫からパンとレタス、キュウリの酢漬けと葉タマネギ、マヨネーズとざく切りトマトのサルサを出した。ツナサラダのサンドイッチを一個か二個食べるつもりだった。それを考えると、さらにお腹が空いた。

それからもうひとつ思いついたことを、マーサは口に出した。「ひとつ質問してもいいかしら？」

するとイ二人は広く平坦な土の小道を並んで歩いていて、暗く亡霊のような木々のシルエットがその道を縁取っていた。もう夜の帳《とばり》が下り、木々の下の暗闇は見通すことができない。小道だけが、星明かりと月明かりの淡い光を受けてリボンのようになっていた。まばゆい満月は、薄黄色で大きかった。そして、星の広大な天蓋。そんな夜空を目にしたことは人生で数回しかなかった。ずっと都市部で暮らしてきたため、光とスモッグで空が曇り、とりわけ明るい星がいくつか見えるだけになってしまう。

マーサは数秒間空を見上げ、それから神に目をやった。どういうわけか――しかし意外ではなく――今度の神は黒人で、ひげはきれいに剃っていた。長身のがっしりした黒人で、特徴のない現代的な服装だった。白いシャツの上に濃い色のセーターを着て、濃い色のズボンをはいている。マーサをはるか上から見下ろすほどではないが、人間大の白人だったときより背は高い。白人モーゼのような神とは似ても似つかないが、それでも同じ神だった。マーサはそれをまったく疑わなかった。

「違うものが見えているんだね」と神は言った。「今度はなんだろう」彼の声すらも変わり、より深くなっていた。

自分に見えるものをマーサが伝えると、神は頷いた。「どこかの時点で、君はおそらく私を女として見ることにしようと思うだろうね」

「自分でそうしようと思ったわけではなくて」とマーサは言った。「どのみち、これはすべて現実ではないし」

「言っただろう」と神は言った。「すべて現実だ。ただ、君に見えているようなものではない」

マーサは肩をすくめた。質問したいことに比べれば、それはどうでもいいことだった。「ふと思ったことがあって」とマーサは言った。「それで怖くなってしまった。だから声をかけた。前にも訊ねたことだけど、はっきりとは答えてもらえなくて。今回ははっきりとした答えがいるみたい」

神は待っていた。

「私は死んだの?」

「もちろん違う」神は微笑みながら言った。「ここにいる」

「あなたとともにね」マーサは苦々しく言った。

沈黙。

「なにをするのか決めるのにかかる時間のことは気にするべき?」

「言ったとおり、そんなことはない。好きなだけ時間をかけるといい」

それはおかしい、とマーサは思った。それを言い出せば、すべてがおかしいのだが。ふと思いついて言ってみた。「ツナサラダのサンドイッチをひとついかが?」

「いただくよ」と神は言った。「ありがとう」

二人はひょいと家に現れるのではなく、歩いて戻った。マーサはそれをありがたいと思った。家に入ると、神には居間に座って笑顔でファンタジー小説をめくっていてもらい、自分は台所に行った。自分に作れる最高のツナサラダのサンドイッチをいつもの手順で作った。努力が大事なのかもしれない。自分は本物の食べ物を作っているのだとか、それを神と一緒に食べるのだとかいったことは、一瞬たりとも信じていなかった。

それでも、サンドイッチはおいしかった。マーサはお客用に冷蔵庫に入れてある炭酸アップルサイダーを思い出した。それを取りに行き、居間に戻ってみると、神はほんとうに女になっていた。

マーサは茫然として立ち、そしてため息をついた。「今度は女の人に見える」と言った。「さらに言えば、少し私に似ていると思う。姉妹みたい」マーサはくたびれた笑顔になり、サイダーを入れたグラスを渡した。

神は言った。「あなたが自分でしていることだから。でも、それで動揺していないのなら、気にしなくていいと思う」

「困っているのは確かね。もし私がしているのなら、どうしてあなたが黒人女性に見えるまでにここまで時間がかかるの？　あなたを白人や黒人男性として見るのと同じように、これもほんとうのことではないのに」

「前に言ったように、あなたが見るのは人生で積み重ねてきたものだから」神に見つめられたマーサは一瞬、鏡を覗き込んでいるような気がした。

マーサは目をそらした。「そのとおりね。ただ、自分が生まれ育った精神的な檻はもう打ち破ったのだと思っていた。人間の神、白人の神、男性の神……」

「もし、それがほんとうに檻だとしたら」と神は言った。「あなたはまだそのなかにいるだろうし、私はいまでもあなたが最初に見た姿のままだろうね」

「そんなところ」とマーサは言った。「じゃあ、檻じゃないならなに?」

「昔からの習慣」と神は言った。「だから習慣というのは困る。もう使えなくなっても残っているのだから」

マーサはしばらく黙っていた。ようやく口を開いた。「夢という私の案についてはどう思う? 未来を予見してほしいと頼んでいるわけではなくて。ただ、欠点を見つけてほしい。反論してみて。警告して」

神は椅子の背もたれに頭を預けた。「そうだね、進展中の環境問題が戦争につながる可能性は低くなるだろうから、飢餓や病気は減ることになる。現実の権力は、夢のなかで手に入る広大で絶対的な力に比べれば見劣りするだろうから、隣の人々を征服しようとか少数派を根絶やしにしようとか躍起になる人の数も減る。全体として、その夢がないよりもあるほうが、人類は多くの時間を得られる」

マーサは思わず警戒した。「多くの時間、というのはなにをするための?」

「もう少し成長するための時間。あるいは、少なくとも、思春期の残滓《ざんし》を生き延びる方法を見つけるための時間」神は微笑んだ。「自己破壊的な衝動のある人がどうやって思春期を生き延びるのか、考えてみたことはどれくらいある? 個々の人間ではなく、人類全体にも当てはま

「夢を使って、人が眠っているときに成熟するようにも仕向けることができてもいいのでは。といっても、種として成熟するというのがどういうことになるのか、私にはよくわからないけど」

「人を喜びで疲れ果てさせつつ、喜びがすべてではないと知ってもらうわけか」と神は考え込んだ。

「みんなもう知っているはず」

「たいていは、大人になるまでにそれぞれの人は知っている。でも、気にかけていないことがあまりに多い。悪人だけれど魅力的な指導者についていくとか、喜ばしいけれど破壊的な習慣を受け入れるとか、災害が迫ってきても、それが起きずにすむか自分以外の人々に降りかかるかもしれないから無視するとか――そのほうがはるかに楽だから。その手の考え方も、思春期に特有のものと言える」

「人が起きているときにより思慮深くなれるよう夢で教えるか、せめてそう促すことはできる？　現実に与える影響にもっと関心を持つように促すことは？」

「望むのなら、そういう形にできる」

「そういう形にしたい。人々には眠っているあいだに目いっぱい楽しんでほしいけど、起きているときにはもっとはっきり自覚を持ってもらって、嘘や仲間からのプレッシャーや自己欺瞞に負けないようになってもらいたい」

「マーサ、そうしたところで人は完璧にはならないよ」

マーサは立ったまま神を見下ろし、自分が大事なことを見落としているのではないか、神はそれを知っていて面白がっているのではないかと心配になった。「でも、それで助けにはなるでしょう？」とマーサは言った。「助けになることのほうが害よりも多いはず」

「そう、おそらくは助けになる。それに、間違いなくほかの効果もある。ほかの効果というものがどんなものかはわからないけれど、避けることはできないはず。相手が人類だとなると、何事もすんなりとは進まない」

「でも、それが気に入っている？」

「最初は気に入らなかった。人間は私のものなのに、人間がわからなかった。それがどんなに奇妙だったか、あなたにはほんの少しも想像できないと思う」神は首を横に振った。「人間は私の本質と同じくらいなじみのあるものだった。なのに、なじみがなかった」

「夢を実行して」とマーサは言った。

「ほんとうに？」

「実行して」

「じゃあ、もう家に帰りたいと」

「ええ」

神は立ち上がってマーサと向かい合った。「帰りたいのか。どうして？」

「あなたとはちがって、私にとってこれは面白くはないから。あなたのやり方が怖いから」

神は笑い声を上げた――今度はそれほど心乱される笑いではなかった。「いや、それは違う」

と神は言った。「あなたは私のやり方が気に入りはじめている」

しばらくして、マーサは頷いた。「そのとおり。最初は怖かったけれど、いまはそうでもない。もう慣れてきた。ここに少しいるうちに慣れてきたし、いまは気に入りはじめている。それが怖い」

鏡に映った似姿のような神も頷いた。「ほんとうに、ずっとここにいることもできるのに。ここなら時は流れない。いままでも流れていない」

「どうしてあなたは時間のことを気にしていないのかと思っていた」

「あなたはまず、自分が覚えている生活に戻ることになる。でもじきに、べつの方法で生計を立てなければならなくなると思う。この年齢で仕切り直すのは簡単ではない」

マーサは自宅の壁にきっちり並ぶ本をじっと見た。「きっと読書は打撃を受けるでしょうね――とりあえず、娯楽としての読書は」

「そうなってしまう。いずれにしても、しばらくのあいだは。人々は情報や発想を求めて本を読むだろうけれど、やがて自分自身で妄想を作り出すことになる、決断する前に、そのことは考えた？」

マーサはため息をついた。「ええ」と言った。「それは考えた」そして、少ししてから付け加えた。「家に帰りたい」

「ここにいたことを覚えていたい？」と神は訊ねた。

「いいえ」ふとしたはずみで、マーサは神に歩み寄って抱きしめた。強く抱きしめ、自分のクローゼットから出したようなブルージーンズと黒いTシャツの下にある、なじみの女性の体を感じた。マーサは悟った。これだけのことがあっても、どういうわけか、マーサはこの魅惑的で子どもっぽく、かなり危険な存在が好きになっていた。「いいえ」とマーサは繰り返した。「夢が思いもしなかった被害を生むのではないかと心配だから」

「長い目で見れば、間違いなく被害よりも恩恵のほうが大きくても？」

「それでも」とマーサは言った。「いつか、私がその害をもたらしただけでなく、自分が唯一大事だと思うキャリアも終わらせてしまったのだと知って、それに耐えられなくなるときが来てしまうかもしれない。それをすべて知っていたら、いつか正気を失ってしまうかもしれない」マーサは神からあとずさった。神はすでに薄らいでいるようで、半透明になり、透明になり、消えた。

「忘れてしまいたい」とマーサはつぶやいた。独りで自宅の居間に立っていた。カーテンが開いている正面の窓からぼんやりとした目を向ける先には、ワシントン湖の水面と、その上にかかる靄《もや》があった。マーサは自分がたったいま口にした言葉を不思議に思った――そこまで強く忘れてしまいたいものとはなんなのだろう。

あとがき

「マーサ記」は私なりのユートピア物語だ。たいていのユートピア物語は好きにはなれない。ちっとも信じられないからだ。私にとってのユートピアは、どうしてもほかの誰かにとっては地獄になってしまうように思える。そこで、もちろん、可哀想なマーサに対し、うまくいくユートピアを考えよと神が迫るという設定にした。みなの心のなかでの、個人的な夢以外に、それがうまくいく場所などあるだろうか？

訳者あとがき

オクテイヴィア・E・バトラーは、一九四七年にカリフォルニア州パサデナに生まれた。七歳のときに父親が他界して以降は、母親と祖母の手によって育てられることになる。バトラーは子ども時代から非常に内気な性格であり、周囲の子どもたちからいじめを受けることもあったという。そのような現実から逃れるため、しばしば地元の公共図書館で時間を過ごしていたほか、ノートにものを書くこともはじめ、やがて作家の道を志すようになる。

とはいえ、作家としての歩みは順調とは程遠いものだった。高校を卒業後、日中は生活のために働き、夜には地元のコミュニティーカレッジであるパサデナ・シティ・カレッジに通った。学業を終えても、作品の出版には漕ぎつけられない時期が続くが、電話による販売やポテトチップスの検査などさまざまな仕事に就いて生計を支えながら、毎日午前二時に起きて出勤までの時間を執筆にあてるという生活を続けた。長編第一作である『パターンマスター』（一九七六年）を皮切りとする長編小説シリーズの刊行が始まったあと、ようやく執筆に専念できるようになる。この時期には『キンドレッド』（一九七九年）という代表作も発表しているが、バトラーが作品にふさわしい評価を受けるようになるには、一九八〇年代に入るまで待たねばならなかった。

一九八四年から一九八五年にかけて、短編小説「話す音」と「血を分けた子ども」がヒューゴー賞やネビュラ賞といったSF&ファンタジーを対象とする主要な文学賞を受賞したことで、バトラーは注目を集めることになる。勢いをそのままに、一九八〇年代後半には長編シリーズ「ゼノジェネシス」三部作を刊行、一九九〇年代には『種を蒔く者の寓話』(*Parable of the Sower*、一九九三年)などで名声を確たるものにした。一九九五年には、SF作家としては初めて、「天才賞」とも呼ばれるマッカーサー基金の助成も受けている。晩年は高血圧などの健康問題に悩まされ、二〇〇六年二月に五十八歳で死去した。死因は脳卒中と見られている。

作家としての経済的成功にはなかなか恵まれなかった点には、バトラー本人もしばしば言及しているが、批評においては一九九〇年代からジャンルを越えた注目を集めるようになっている。タイムトラベルや超能力、異星人との遭遇といったSF的な手法や設定を通じて、奴隷制という過去、言語や想像力の役割、あるいは性的役割の流動化、身体をめぐる権力といった主題を探求しつつ、人間の本質を描き出そうとする作風が高く評価されている。二一世紀に入っても、植民地主義や人種、環境や遺伝子、身体や生殖といった、さまざまな観点からの読解が続けられているほか、二〇二二年現在も『キンドレッド』など複数の小説の映像化が進行中である。また、後続の書き手に与えた影響も大きく、N・K・ジェミシンやンネディ・オコラフォーといったアフリカ系のファンタジー作家たちが、バトラー作品との出会いを自身のキャリアにおける重要な出来事として挙げている。

日本語で読める作品としては、初期の代表作である『キンドレッド』(風呂本惇子・岡地尚弘訳)

が復刊されたほか、『種を蒔く者の寓話』をはじめとして複数の翻訳刊行が予告されており、この作家の全貌がようやく見え始めてきたといえる。本書の刊行が、そのささやかな一助となれば幸いである。

バトラーはみずからを基本的には長編作家とみなしており、キャリアを通じて発表された短編小説は、学生時代の未発表作を合わせても十編にすぎない。一九九五年に、それまで個別に発表されていた短編五作とエッセイ二本を収録した『血を分けた子ども』（*Bloodchild*）が刊行され、その後、二一世紀に入ってからオンライン雑誌で発表された「恩赦」と「マーサ記」の二作が同書に追加収録された。その後、中編「必要な存在」（"A Necessary Being"）と、初期に執筆された短編「子ども探し」（"Childfinder"）を収めた『予想外の物語』（*Unexpected Stories*、未訳）が二〇一四年に刊行されている。その二冊のうち、バトラーの短編を最良の形で読めるのは、やはり本書『血を分けた子ども』だといっていい。

エッセイも含めた、本作収録の各編には著者自身によるあとがきが付けられ、執筆のきっかけなどについての情報を与えてくれる。そのため、この訳者あとがきは、あくまでそれを補完する形にとどめたい。

「血を分けた子ども」は一九八四年にネビュラ賞を、翌一九八五年にはサイエンス・フィクション・クロニクル賞、ローカス賞、ヒューゴー賞を受賞した、バトラーの短編の代表作である。人類と地球外生命体との「ファースト・コンタクト」について、バトラーは、人類が外に出て出会いが起きる場合は地球外生命体にとって災いであり、地球外生命体が地球に到来して出会う場合は人類にとって災いとなる、と述べたことがある（『オブシディアンⅢ』でのインタビュー）。「血を分けた子ども」は前者であると同時に、生殖や性や身体、権力関係を探求する物語でもあり、実に多様な要素が、語り手となる少年が迫られるある決断をめぐるラブストーリーとしてまとめ上げられている。

「夕方と、夜と、朝と」は、一九八八年のサイエンス・フィクション・クロニクル賞の受賞作である。生殖や家族といった「血を分けた子ども」の主題を引き継ぎつつ、本作は破滅的な遺伝性疾患を抱えてカリフォルニアで暮らす大学生リン・モーティマーの絶望と希望を追っていく。同じ疾患を持つ学生同士のアランとリンの二人は出会い、やがて、アランの母親が入所している保養所を訪れ、いずれはみずからに降りかかるであろう選択を知ることになる。バトラー自身があとがきで述べているように、遺伝的あるいは生物学的要素によって人の行動はどこまで決定されるのかという問題を、この短編は突き詰めた形で示している。

「近親者」は、バプテスト信徒の祖母と母親のもとで厳格に育てられたバトラーの、聖書の物語への長年の興味から生まれた。生前は疎遠だった母親の死後、遺品の整理に訪れた娘と伯父のやり取りは、思わぬ形で家族の過去を明らかにする……。SFやファンタジーといった要素を排し、会話を中心として進行する家族ドラマは、バトラーの作風の幅広さを物語っている。

「話す音」は一九八四年にヒューゴー賞の最優秀短編部門を受賞した。謎の伝染病の世界的流行によって社会が機能しなくなったカリフォルニアを舞台に、ライという女性の一日の体験を描く本作は、言語とそれ以外のコミュニケーション手段が「人間性」にとってどのような意義を持つのかという思索を軸に据えている。疫病という設定によるディストピア小説の緊迫感を主人公の経験に凝縮しながら、人間の性を見つめるバトラーの特質をよく伝えてくれる作品である。

「交差点」は、一九七一年にバトラーが初めて出版した作品である。さまざまな職場を転々とした作者自身の経験を踏まえつつ、社会の底辺でもがく主人公を見つめた、十頁に満たない語りは、ふとした瞬間に非現実の世界に足を踏み入れる。

これらの短編に続いて、二つのエッセイ「前向きな強迫観念」と「書くという激情」が収録され、作家になるきっかけや重要な節目、創作に対する姿勢を垣間見ることができる。SFというジャンルで書き続けることの意義や、書くうえで「閃き」には頼らなくてよい、というくだりなど、バトラーの人としての芯の強さを存分に伝えている。

新作短編として収録された二編のうち、「恩赦」は、バトラー自身があとがきで触れているように、一九九九年、アメリカの核開発に関わっていた台湾出身の研究者がスパイであるとの疑いをかけられて拘束された事件をきっかけに執筆された。突然すべてを奪われてしまい、奪った側は罪に問われないという出来事について書くにあたり、小説としては、「集合体」と呼ばれる地球外生命体と人類との出会いが地球で発生することによって、人間社会が精神的にも社会的にも混乱に陥った設定が選ばれている。異なる種のあいだの通訳を務める女性ノア・キャノンが主人公となり、「集合体」のもとで働く候補となる六人の人間に対し、仕事の内容だけでなくみずからの体験も語っていく。その過程で、人間とはどのような存在なのか、みずからを超える存在とのあいだで人間はどのような関係を作ろうとするのか、といった主題が幾重にも展開される。

「マーサ記」は、世界を救うという主題の長編小説の執筆が難航した後、合衆国が対テロ戦争からイラク戦争に突入したこともあって、その主題を取り上げて書かれた作品だという。バトラー本人を思わせる、アフリカ系女性作家マーサのもとに、ある日突然神が現れ、人類を救うという務めを任されることになる。人間のなにかをひとつだけ変えることで、いい方向に導けるとすれば、それはいったいなにか？　神との思弁的な問答が、人間にとってフィクションはどのような意味を持つのかという問いを中心に回っていく、バトラーにとっては集大成的な作品である。

バトラーの物語はしばしば、人間の破壊的な行動が繰り返されることへの深い絶望感をにじませる。人間とはそもそもどのような存在なのか。現在の地球とはまったく異なる世界にいれば人間が変わらざるを得ないのなら、どのような変化がもたらされるのか。そうした問いを通じて絶望と希望を交錯させ、緊迫感に満ちた物語を構築するこの作家の手腕は、それぞれの短編に凝縮されている。それを翻訳でうまく伝えることができているのかどうかは、読者のみなさんの判断に委ねることにしたい。

本書の翻訳は、多くの人のサポートがあって日の目を見ることができた。まず、企画の実現にあたっては、河出書房新社の坂上陽子さんにリードしていただき、編集の段階では竹花進さんに的確に引っ張っていただいた。また、編集者の平岩壮悟さんがゲラと英語の原文を突き合わせてさまざまなアドバイスを送ってくださり、装丁を川名潤さんが担当してくださったことにも感謝したい。どうもありがとうございました。

「マーサ記」の翻訳、および「恩赦」の主題については、東京大学の現代文芸論研究室で開講している授業で話し合う機会があった。作品を面白がり、議論を通じて多くのことを教えてくれた学生たちにも感謝したい。

最後に、家族に最大の感謝を。ともに笑ったり話し合ったりするなかで僕の希望を支えてくれる妻の河上麻由子と、お勧めの本をときどき教えてくれる娘に、愛と感謝を込めて、本書の翻訳を捧げたい。

二〇二二年四月

オクテイヴィア・E・バトラー　Octavia E. Butler

一九四七年生まれ。アメリカのSF作家。「血を分けた子ども」でネビュラ賞、ヒューゴー賞、ローカス賞（いずれも中篇小説部門）を、「話す音」でヒューゴー賞（短編部門）を、Parable of the Talentsでネビュラ賞（長編部門）を受賞。九五年にSF作家として初めてマッカーサー賞（天才賞）を、二〇〇〇年にPEN生涯功労賞を受賞。ベストセラーとなった長編『キンドレッド』（風呂本惇子・岡地尚弘訳、河出文庫）のほか、シリーズ「Patternist」、「Xenogenesis」、「Parable」がある。〇六年没。

藤井光（ふじい・ひかる）

一九八〇年大阪生まれ。北海道大学大学院文学研究科博士課程修了。東京大学文学部准教授。訳書にデニス・ジョンソン『煙の樹』、サルバドール・プラセンシア『紙の民』、ロン・カリー・ジュニア『神は死んだ』、ハサン・ブラーシム『死体展覧会』、ミロスラフ・ペンコフ『西欧の東』（以上、白水社）、ダニエル・アラルコン『ロスト・シティ・レディオ』、テア・オブレヒト『タイガーズ・ワイフ』、セス・フリード『大いなる不満』、アンソニー・ドーア『すべての見えない光』（第三回日本翻訳大賞受賞）、レベッカ・マカーイ『戦時の音楽』（以上、新潮社）、ニック・ドルナソ『サブリナ』（早川書房）、アルフィアン・サアット『マレー素描集』（書肆侃侃房）ほか多数。

血を分けた子ども

二〇二二年六月二〇日　初版印刷
二〇二二年六月三〇日　初版発行

著　者　オクテイヴィア・E・バトラー
訳　者　藤井光
装　幀　川名潤
発行者　小野寺優
発行所　株式会社河出書房新社
〒一五一-〇〇五一　東京都渋谷区千駄ヶ谷二-三二-二
電話　〇三-三四〇四-一二〇一（営業）
〇三-三四〇四-八六一一（編集）
https://www.kawade.co.jp/

組　版　KAWADE DTP WORKS
印　刷　株式会社暁印刷
製　本　大口製本印刷株式会社

Printed in Japan　ISBN978-4-309-20855-8

Octavia E. Butler
BLOODCHILD AND OTHER STORIES